唐代皇帝祭天故事

隋唐长安城圜丘与祭天丛书

杜文玉 主编

王效锋 著

西安出版社

西安曲江出版传媒股份有限公司　出品

CHANG'AN YUE
长安曰

序

　　1999 年，位于陕西师范大学雁塔校区操场旁的隋唐圜丘遗址正式由考古部门发掘了。圜丘又称"天坛"，早在 1957 年，该处就被文物考古部门确认并竖立了省级文物保护碑，防止被破坏，但却没有引起社会的关注。此次正式发掘，极大震动了学术界，也在广大人民群众中引起了很大的轰动，国内外各种媒体纷纷报道。之所以如此引人注目，是因为圜丘是中国古代皇帝祭天的场所，在我国古代祭祀体系中等级最高，礼仪最为隆重。不仅如此，这座圜丘还是我国目前发现最早的古代祭天场所，比北京的明清天坛早 1000 余年。北京天坛高 5.4 米，西安圜丘高 8 米，前者 4 面有台阶（陛），后者 12 面有台阶，故更加符合周代礼制的规范。自建成以来，先后有隋朝的 2 位皇帝，唐朝的 19 位皇帝，共计 21 位皇帝在这里举行过祭天大典。为了更好地展示这座古代礼制建筑的雄姿，2014 年规划建设"天坛遗址公园"，2018 年 2 月 16 日（正月初一），正式向社会公众开放。遗址区内有天坛博物馆及少量配套设施，周围有绿地及道路，公园南侧有长 200 米、宽 30 米的绿化廊道，形成了以天坛为核心，南北通透的视觉效果，从而达到了文物保护与城市绿地建设完美结合的目的，并为广大游客提供了又一处接受历史文化教育的场所。

为了使广大民众了解隋唐时期的礼仪文化，尤其是了解这一历史时期的礼制与祭天制度，西安曲江出版传媒股份有限公司组织相关专家撰写了这套丛书。其中，《隋唐长安城圜丘》一书，着重从古代祭天制度与圜丘形制的角度撰写，主要涉及隋唐时期的国家礼仪制度、圜丘形制、祭天仪制、祭器与祭品、祭服与仪仗、乐舞与歌辞、隋唐祭天礼仪对后世诸朝以及周边诸国的影响等方面的内容。《隋唐皇帝祭天故事》一书，则围绕着隋唐两朝皇帝圜丘祭天所发生的故事这一主题撰写，除了对这一历史时期皇帝圜丘祭祀的次数、特点及意义进行论述外，还对每一位皇帝在位期间亲祭与有司摄事的社会背景、原因与影响、祭祀经过以及所蕴含的政治意义等，都进行了详尽的分析与论述。这两部书的内容相辅相成，互为补充，将整个隋唐时期围绕着圜丘祭天的相关制度与故事完整地呈现出来，以便使广大读者对我国古代这一重要的礼仪制度有一个全面系统的了解。

有关中国古代礼制以及祭祀礼仪的研究，国内外学术界已有不少的研究成果问世，但由于专业性过强，并不适合普通读者阅读，从而对宣传我国传统文化、弘扬民族精神造成了一定的影响。这套丛书的推出，除了宣传西安地区悠久的历史文化外，就是为了改变目前这一现状而有意安排的。为此，这两部书必须做到文字流畅、叙事清楚，既要详尽地介绍古代的相关制度，又要交代清楚历史渊源；既要具有一定的学术性，又要增强故事性与趣味性，真正做到通俗性与学术性的完美结合，为普及我国古代的制度文明而贡献一点力量。书中为了更好地反映相关内容，还附有许多图表，做到图文并茂，从而有助于读者理解我国古代这一重要的礼仪制度及其所蕴含的深刻文化意义。

在我国古代长达数千年的岁月里，虽然经历了许多朝代，然遗存至今的天坛遗址却仅有两处，即北京与西安的天坛。由于这两处天坛相隔千余年，所以在形制上并不完全相同，考察这些不同之处，对了解我国古代祭天制度的变化有着重要的意义。这些变化在这套丛书中都有所交代，当读者阅读完这两部书后，再参观这两处天坛遗址，相信会有不同的感受，从而也会为我国古代悠久的历史与宏伟的建筑而自豪。

随着西安天坛遗址公园的开放，更多的国内外游客将会来此参观，而本书的出版发行，也将有利于宣传西安的悠久历史文化，弘扬时代精神，从而促进本地旅游事业的发展。

杜文玉

2018 年 12 月 5 日

撰于古都西安

目录

引　言

　　"祭祀"作为隋唐政治生活的重要内容，是维护皇权的重要手段，统治者对其极为重视。为了配合完成王朝频繁的祭祀活动，隋唐两朝在长安城附近修筑了众多的礼仪建筑。其中，位于今西安市明德门东约1千米的祭祀昊天上帝的圜丘，始建于隋文帝时期，整个唐代一直沿用，唐昭宗时被废弃，使用时间长达300余年。西安圜丘是隋唐时期至高无上的礼仪重地，也是唯一保存至今，早于北京明清天坛的圜丘遗址。

　　1999年，中国社会科学院考古研究所西安唐城工作队对位于今西安市雁塔区吴家坟陕西师范大学雁塔校区体育场东，南北兼邻该校学生宿舍，东有砖墙与瓦胡同村相隔的隋唐圜丘祭天遗址进行了勘测，确认了其唐长安城"京城明德门外道东二里"的记载。

历经千余年风雨，西安的隋唐圜丘遗址依然保存完好。圜丘高四层，有十二陛（即上台的阶道），规制较高。坛体全部由素土夯筑，台壁和台面均用黄泥抹平，外露部分又都抹了一层掺有谷壳、秸秆的白灰面。隋唐时期的圜丘外观洁白，庄严大方，展示了王朝特有的古朴和大气，具有鲜明的时代审美特征。圜丘外围还有三道环形矮墙，将祭坛层层围住，除了皇帝和一些重臣外，一般人严禁进入内墙。

与前朝相比，隋唐圜丘祭祀更加频繁，并且形成了完善的制度。如《大唐开元礼》规定："祀天一岁有四……冬至，祀昊天上帝于圜丘……正月上辛，祈谷，祀昊天上帝于圜丘……孟夏，雩祀昊天上帝于圜丘……季秋，大享于明堂，祀昊天上帝。"[①]由于唐长安城没有修筑南郊祭坛，正月南郊祈谷礼也在圜丘举行。除武则天外，长安城也没有修筑明堂，

① 见［五代］刘昫等：《旧唐书》卷二十一《礼仪一》，北京：中华书局，1975年，第833-834页。需要注意的是，隋唐圜丘祭天礼仪是一个变化发展的过程。即使在唐代的不同时期，圜丘祭天礼仪制度也处于变动之中，上述情况只是制度相对稳定时的大体情况。

明堂祭天一般也在圜丘举行。因此，隋唐在圜丘举行的冬至祀、正月上辛祈谷、孟夏雩祀、季秋大享可以统称为圜丘祭天礼仪。

圜丘祭祀昊天上帝为隋唐两代的"大祀"[①]之一，为诸多祭祀中最隆重的礼仪盛典。隋唐冬至、正月上辛、孟夏雩祀、季秋大享的圜丘祭天程序基本相同，"凡祭祀之节有六：一曰卜日，二曰斋戒，三曰陈设，四曰省牲器，五曰奠玉帛、宗庙之晨祼，六曰进熟、馈食"[②]。圜丘祭祀的日期一般固定，不需要专门占卜。斋戒、陈设、省牲器、銮驾出宫、奠玉帛、进熟和銮驾回宫等环节烦琐、隆重，无不昭示了天子对昊天上帝的礼遇，也显示了皇家的威仪，让群臣和民众产生敬畏之心。

按照隋唐礼制，皇帝通常不亲自参与祭祀活动，即使是作为国家最高级别礼仪的圜丘祭天，一般也由相关部门代行，称作"有司摄事"。冬至

① 隋唐将祭祀分为大祀、中祀和小祀三个等级，其中大祀对象有昊天上帝、五方大帝、皇地祇、神州宗庙等。
② [北宋] 欧阳修，宋祁等：《新唐书》卷十一《礼乐志一》，北京：中华书局，1975年，第310页。

日的圜丘祭天作为正祭，隋唐帝王偶尔会亲自主持。一般而言，一位帝王在位期间可能会参与一次或数次圜丘祭天。隋唐大多数皇帝的"亲祀"时间不固定，带有特殊的政治目的，只有德宗之后的宪宗、穆宗和敬宗等在即位翌年祭祀昊天上帝，时间相对固定。正如日本学者金子修一在其《古代中国与皇帝祭祀》一书中指出的："唐朝的皇帝祭祀，特别是大祀，本来原则上应由皇帝亲祭，在由有司代理的'有司摄事'制度确立起来后，实际上大多都是由有司代为进行祭祀了。即使是在郊祀、宗庙中，也实际上发展为皇帝亲祭反成例外的程度。这样看来，我们有充分理由假设，唐朝时皇帝亲自参加的祭祀活动，必定是伴随着某些特定意图的祭祀事件。这个假设若能就具体的例子提出的话，也许可以把皇帝祭祀纳入政治过程中去阐明。"正是基于这一理由，隋唐帝王圜丘"亲祭"背后一定有说不尽的"故事"。

圜丘祭天礼的历史回顾

第一章

隋唐继承了前代的圜丘祭天传统，礼仪活动日趋成熟和规范。隋唐圜丘祭天活动频繁，但以「有司摄事」为主，帝王的「亲祭」反而成为特例。为数不多的帝王「亲祭」礼仪烦琐，显示了帝国气象，是辉煌隋唐文化的重要组成部分。隋唐统治者重视「繁文缛节」，不断改革和完善圜丘祭天礼仪，对当时和后世产生了深远的政治意义。

第一节
隋唐以前的圜丘祭天

　　祭祀是古代的大事，所谓"国之大事，在祀与戎"。祭天则属于最高规格的祭祀，"吉礼"①的范畴，是古代祭祀中最重要的内容。关于"祭"，《说文解字》曰"祭，祭祀也，从示，以手持肉"，就是一个人手里拿着肉，将其进献给上天、神灵或祖先。"祀"在《说文解字》中解释为"祭无已也"，与"祭"可以通用，都是祭祀的意思。"天"本来是地上之自然界，后古人将其人格化，从而引申为"天神"，因此周王也被称为"周天子"。

　　商周以来，对"天"的称谓有：帝、上帝、苍天、昊天、

① 吉礼属于古代五礼之一，即祭祀天神、地祇、人鬼等的礼仪活动。内容极为庞杂，如郊天、大雩、大享明堂、祭日月、大蜡、祭社稷、祭山川、籍田、先蚕、祭天子宗庙、祫禘、功臣配享、上陵、释奠、祀先代帝王、祀孔子、巡狩封禅、祭高禖等。

昊天上帝等，实质上指的都是具有人格、意志的至高无上的天神。与祭天意义相近的一个词是"郊"，可理解为"城郊"，即祭天的处所，后来又专指：冬至祀天于南郊，夏天祭天于北郊。因此"郊"又可作为祭祀专名，如"郊天"。

古人祭天的场所被称为"圜丘"，明清以来则被称作"天坛"①，是古代帝王祭祀昊天上帝的专用祭坛。在古代，王朝统治者自诩为"上天之子"，宣称其统治权是"受命于天"，秉天意而治万民，是天神在人间统治的"代理人"。正是基于上述理由，万民就应该无条件地服从"天子"，形成其绝对且至高无上的政治权力，即所谓"君权神授"。然而，所谓"天意从来高难问"，作为"天子"的皇帝通过何种形式与"上天"进行沟通呢？这是涉及历代王朝"政权合法性"的大问题。

《周礼·春官》记载"冬日至，于地上之圜丘奏之"，就是说冬至这一天，皇帝要在圜丘祭告上天，向其奏事。那什么叫作"圜丘"呢？贾公彦随之"疏"道："土之高者曰丘，

① 东晋徐邈已称南郊为"天坛"，见［梁］萧子显：《南齐书》卷九《礼志上》，北京：中华书局，1972 年，第 121 页。

取自然之丘。圜者，象天圜也。"就是选取一个自然形成的圆形大土堆，作为帝王向上天祭告的场所。祭天的"初衷"就在于此，是古代最重要的"常祀"之一，在历代礼仪体系中都具有重要地位。当然，随着历史的发展和变迁，尊贵无比的"天子"踏足之处不能如此"将就"，为了展示祭祀场面的盛大，就需要修建宏伟的人工祭坛。

"圜丘"之"圜"同"圆"，古人修建用于祭天的"圜丘"依然保持了圆形。古人认为"天圆地方"，圜丘的形状正是"天"的形象，因此成为祭祀昊天上帝的主要场所。与圜丘对应的是"方丘"，是专门祭祀地祇、社稷、岳渎之神的场所。祭天的方位要在南方，一种说法是西周镐京地势南高北低，建于南边高地的圜丘更接近"天"；还有一种说法源自《礼记·郊特牲》"兆于南郊，就阳位也"，即认为南方属于阳（乾）位，光照时间长，祭祀象征至阳的"天"，当然要在国都之南。

圜丘祭天礼仪产生于西周，其程式如下：

祭祀之前，主管祭祀的官员要准备天子、臣僚祭祀的应用之物：牺牲和祭品。临近祭祀，天子和从祀官员要进行斋戒，戒荤、戒酒，不近妃嫔，读书静坐，反躬自省。正式祭祀之前，祭祀主管人员要省视用于祭祀的祭品和礼器，看是否准备妥当。到了冬至这一天（唐代一年四次圜丘祭天，冬至祭祀最为隆重，皇帝偶尔会亲祭），天子要在天未亮时起驾，从寝宫率领百官（唐代要沿朱雀大街往南出明德门再向东，大约需要两个时辰）来到南郊的圜丘。天子稍事休息，鼓乐、祭祀人员各就各位，祭天大典便开始举行。

天子身着礼服，外面套着大裘，里边穿着衮服，头戴前后垂有十二旒的冕，腰间插着大圭，手里拿着镇圭，面向西方站立于圜丘东南。此时，鼓乐大作，按照司礼大臣的指引，天子登坛，敬请天帝降临，以便享受祭品。接着，天子牵出供天帝享用的"太牢"，即牛、猪、羊各一，令庖师将其宰杀。敬献给天帝的牺牲、玉帛等祭品要在圜丘东南的燎坛焚烧，霎时烟火腾空，让天帝和诸天神享用祭品，这就是所谓"燔燎""禋祀"。

接着，在乐曲声中，由活人扮演的作为天帝化身的"尸"登上圜丘，接受人间的祭享。"尸"就座后，祭祀人员将玉璧、鼎、簋等礼器放置其前。先向"尸"进献"牺牲"的鲜血，然后再进献五种不同品质的酒，称为"五齐"。前两次献酒后，还要献上全牲（完整的家畜）、大羹（肉汁）、铏羹（加盐的菜汁）。第四次献酒后，要进献黍、稷等饮食。"尸"要用三种酒答献祭者，称为"酢"。饮酒完毕，天子与舞队共舞相传是黄帝时候的"云门之舞"，以此答谢天帝的眷顾。

祭祀人员分享祭祀所用的酒品，"尸"还要赐福天子，称为"嘏"，后世称为"饮福"。天子要把因祭祀用过而沾有天帝恩泽的牲肉郑重其事地分赐给宗室、臣子等，称为"赐胙"。《周礼》所记载的这套祭天程式基本被后世沿用，但也有所损益。其中，后代变化最明显的是用神主牌位取代了活人装扮代表天帝的"尸"。

秦代祭天的史料遗留较少，一般认为实行三年一郊之礼，在冬十月的岁首举行。

西汉初期，沿用了秦的祭祀形式，汉高祖将祭祀天地的礼仪活动交由祠官负责。汉武帝时，实行三年一郊之礼，祭天、祭地、祭五畤（五方帝）三年一轮。符合儒家价值认同的、国家层面的祭天礼仪到了西汉后期的元帝、成帝时期才逐渐形成。

汉成帝建始元年（前32），在丞相匡衡等人的建议下，在长安城外昆明故渠之南修建圜丘，第二年正月"上始郊祀长安南郊"[1]，同时祭祀五方上帝，这是西汉南郊圜丘祭天的开始。东汉建武二年（26），光武帝在洛阳城南修筑圜丘，上层为天地之位，下层为五帝之位，坛外有两重围墙，称作"壝"。魏明帝时，"营洛阳南委粟山为圜丘。十二月壬子，冬至始祀"[2]。西晋武帝时，将圜丘（祭天）和方丘（祭地）合一，简化了祭礼。

东汉以来，由于谶纬神学的流行，关于"天"的解释逐渐复杂化。经学大师郑玄、王肃在圜丘祭天问题上提出了对立的学说，对后世影响巨大。郑玄提出"六天说"，"六天"指的是北方以昊天上帝为耀魄宝、以五帝为东方青帝灵威仰、南方赤帝赤熛怒、中央黄帝含枢纽、西方白帝白招拒、北方黑帝汁光纪为太微宫的五天。"五帝"是五行精气之神，人间的帝王

① [东汉] 班固：《汉书》卷二十五《郊祀志下》，北京：中华书局，1962年，第1257页。
② [西晋] 陈寿：《三国志》卷三《魏书·明帝纪》，北京：中华书局，1982年，第110页。

则是五帝轮回所感而生，因此被称为"感生帝"。

于是，帝王在祭天时，还要祭祀与自己王朝相对应的天帝，从而形成一套祭祀系统。西晋王肃反对郑玄的"六天说"，认为只有昊天上帝才算是"天"，其也并非北方一域之帝；"五帝"则指太昊、炎帝、少昊、颛顼、黄帝五个人间帝王，与"天"没有关系。

上述两种不同"天帝"理论，导致祭天实践也迥异。按照郑玄的"六天说"，帝王冬至要在圜丘举行祭祀昊天上帝的祭天礼仪，正月还要在南郊举行祭祀感生帝的祈谷礼仪，圜丘（祭祀昊天上帝）与南郊（祭祀感生帝）的祭天礼仪要严格区分。与此相对应，祭地时也严格区分方丘（祭祀昆仑祇）和北郊（祭祀神州祇）。而依照王肃的理论，祭天就相对简化，认为"郊即圜丘，圜丘即郊，犹王城、京师，异名同实"，即圜丘和南郊、方丘和北郊都是同一祭坛，不必进行严格区分。

东晋一代，偏安于江南一隅的司马家族出于怀念故土、凝聚人心的目的，祭天活动极为频繁，制度依据汉、晋之旧。

南北朝时，圜丘及祭天礼仪成为王朝正统的重要象征，南北双方都极为重视，并且表现出一定程度的对立。北朝以郑玄学说为依据，南朝则基本遵循王肃学说。北齐、北周将圜丘、南郊祭天并存，分祭昊天上帝与感生帝。与北朝"有司摄事"形成鲜明对比的是东晋到南朝的皇帝厉行"亲祭"，显示了南朝对维护其"正统"地位的强烈政治诉求。另外，南朝梁受佛教影响，祭天不用"牺牲"，改为果蔬；还将圜丘壝外用作更衣、憩息的临时帷帐改为屋宇。

第二节
隋唐圜丘祭祀的形式、数量和特点

　　隋代和唐代初年受郑玄"六天说"的影响，继承了北朝圜丘、南郊祭天并立的制度，将冬至的圜丘祭天和南郊祭祀活动分离。据《隋书》记载，隋代除圜丘祭坛以外，"南郊为坛于国之南，太阳门外道西一里"①。可见，隋代的正月圜丘祭天和正月南郊祈谷并不在同一地点，而是分别在各自的祭坛举行。

　　唐代初年继承了隋代的祭祀制度，包括圜丘冬至、方丘夏至、南郊正月、北郊孟月（十月）。尽管"唐代的史料中对圜丘和南郊、方丘和北郊进行了区分书写，但在实际上圜丘和南郊、方丘和北郊各自都是同一祭坛。圜丘四坛的基址现代仍保留在西

① ［唐］魏徵等：《隋书》卷六《礼仪一》，北京：中华书局，1973 年，第 116 页。

安市南郊。事实上在唐代，只有武则天将明堂的建设真正付诸行动，并且将当时洛阳的明堂作为正殿使用。所以实际上唐代明堂的祭祀大多在南郊举行，事实上就等于是南郊祭祀"①。

与前朝相比，唐代圜丘祭天更加频繁并且制度化。唐初高祖武德时，变更以往的三年一祭或不定制为"每岁冬至祀"；改隋朝的两年一郊为每年一次。于是，唐朝南郊祭祀的次数是北朝的四倍，南朝的八倍。②唐玄宗开元二十年（732）改撰的《开元新礼》，即《大唐开元礼》规定："祀天一岁有四……冬至，祀昊天上帝于圜丘……正月上辛，祈谷，祀昊天上帝于圜丘……孟夏，雩祀昊天上帝于圜丘……季秋，大享于明堂，祀昊天上帝。"由于唐代没有南郊祭坛，正月的南郊祈谷礼也在圜丘举行；除了武则天外，也没有修筑明堂，明堂祭祀也在圜丘举行。唐代一年有四次祭天仪式，除武则天祭祀于明堂外，其他都在圜丘举行。因此，圜丘就成为唐代祭祀活动的主要场所，其重要性

① ［日］金子修一：《古代中国与皇帝祭祀》，上海：复旦大学出版社，2017年，第40—41页。

② ［日］金子修一：《古代中国与皇帝祭祀》，上海：复旦大学出版社，2017年，第18页。

不言自明。

正月上辛祈谷原来是正月上辛日（古代以甲子计日，每十日必有一个辛日，"上辛"是每月第一个辛日）在南郊祭坛举行，向上天祈求风调雨顺、五谷丰登。《礼记·月令》记载"孟春之月……天子乃以元日祈谷于上帝"，指祈谷礼要在孟春月举行，由天子主祭。由于郑玄认为《月令》中所言的就是"上辛郊祭天"，即正月的第一个辛日在南郊祭天，遵从郑说者便以这一天为郊祀日，同时祭祀"感生帝"，后世祈谷之礼一般就在每一年的正月上辛日进行，上辛日有事则改为次辛日或下辛日。两汉至魏晋，便已多于正月南郊祭天，故将圜丘、祈谷混为一谈。直到明代后，祈谷之祭才改在惊蛰之日举行，礼仪规格略小于大祀，不设从祀坛位，不行燔柴。

祭祀五方上帝之礼原本应该在季秋（九月）于天子德治象征的建筑——明堂举行，但除了隋代在雩坛举行，唐代武则天将洛阳明堂建设付诸行动外，其他时期属于明堂祭祀的活动均在南郊举行，即《新唐书·礼乐三》所载"而迄唐之世，季秋大享，皆寓圜丘"。唐代没有修建南郊祭坛，这些祭祀活动就在南郊的圜丘举行。另外，除了《武德令》规定明堂祭祀五方大帝外，《显庆令》和《开元令》都将其改为昊天上帝，因此就变成不同时间举行的祭天大典。

孟夏雩祀，又称"大雩"，是皇帝组织的盛大祈雨活动。中国古代以农为本，降雨多少直接决定了农业的丰歉，对农业生产活动影响至关重要。为了表示对农业生产的重视，皇帝在孟夏之月要亲自祭天、祈雨。

东汉以来，雩祀也可以在地方郡县随时举行。东晋以来，雩祀逐渐与祭祀五方大帝相结合，开始上升为国家行为。到了隋代，由于没有明堂，所以季秋时节在雩坛祭祀五方上帝。从此，雩祀正式由地方祭祀上升到由皇帝主持的国家祭祀，并且不再关注有无旱灾发生，成为定期的祭祀活动。唐代武德年间，雩祀成为圜丘祭祀昊天大帝的活动，形式愈加完善。

巡守祭天，"巡守"也叫作"巡狩"，指天子御驾出行，视察邦国、州郡。古时皇帝五年一巡守，以视察诸侯所守的地方。然而，中国古代王朝一般幅员辽阔，加上交通落后，旅途异常艰辛。同时，这种出行花费巨大，因此皇帝很少外出巡守。隋炀帝则是一个反例，频繁的巡守和征伐是其亡国的重要原因。皇帝巡守之前，要在圜丘祭告天地，多以"有司摄事"方式完成，与冬至圜丘祭天活动不可同日而语。

圜丘修筑于隋文帝统治时期，并由其亲祭一次。炀帝即位后，也曾圜丘亲祭一次。依照唐代的祭祀制度，皇帝对昊天上帝的祭祀形式不断扩展，数量大幅增加，常规性的圜丘祭天活动每年就有 4 次之多，分别为正月上辛、孟夏、季秋和冬至。那么在唐王朝统治的 289 年间，圜丘祭天活动应有千次以上。

然而，翻阅《新唐书》《旧唐书》和《资治通鉴》等史料，有记载的圜丘祭祀仅有 41 次。其中，皇帝亲自参加的只有 35 次。唐代 21 位帝王，除顺宗和哀帝外，都在长安城的圜丘举行过祭天礼仪，平均每位帝王亲祭次数为 1.8 次。史籍中缺载的圜丘祭祀应该都是采取"有司摄事"的形式，皇帝亲祭而史籍缺载的可能性应该较小。"有司摄事"形式的祭天活动比较简单，规模和严谨性方面都无法和皇帝亲祭相比，只是草草了事。

表一：隋唐皇帝长安圜丘祭祀统计表①

皇帝	祭祀次数	祭祀时间	备注
隋文帝	1	仁寿元年十一月②	冬至祠南郊
隋炀帝	1	大业十年冬至	
唐高祖	1	武德四年十一月	
唐太宗	4	贞观二年、五年、十四年、十七年十一月	
唐高宗	2	永徽二年十一月、总章元年十二月	
武则天	1	长安二年十一月	只有一次在长安圜丘
唐中宗	1	景龙三年十一月	
唐睿宗	2	景云元年十一月、先天元年正月十三日	首次为亲祭
唐玄宗	4	开元十一年十一月、天宝元年二月、天宝六载正月、天宝十载正月	

①本表主要参考［日］金子修一：《古代中国与皇帝祭祀》，上海：复旦大学出版社，2017 年，第 131–136 页；另外参见王琪：《唐都长安的礼仪空间》，硕士学位论文，陕西师范大学历史文化学院，2007 年，第 6–9 页。后文在唐宣宗和唐僖宗分别比前书多一次，一共多两次。
②据安家瑶、李春林所著《陕西西安唐长安城圜丘遗址的发掘》（《考古》，2000 年，第 7 期）认为：开皇十年（590）及以后的祀天礼仪肯定是在隋大兴城圜丘举行的。事实上，"南郊为坛于国之南，太阳门外道西一里"（《隋书·礼仪一》）表明隋代圜丘祭天与南郊祭祀不在同一地点，因此所谓"有事于南郊"不能等同于圜丘祭祀。另外，"有事于南郊"也无法证明隋文帝亲祭。金子修一认为隋文帝只在仁寿元年冬至为亲祭。

（续表）

皇帝	祭祀次数	祭祀时间	备注
唐肃宗	2	乾元元年四月、上元二年十一月	
唐代宗	5	广德二年二月、大历五年十一月、大历七年十一月、大历八年十一月、大历十三年十一月	首次亲祭，其余有司摄事
唐德宗	4	建中元年春正月、贞元元年十一月、贞元六年十一月、贞元九年十一月	
唐宪宗	1	元和二年春正月	
唐穆宗	1	长庆元年正月	
唐敬宗	1	宝历元年正月	
唐文宗	1	大和三年十一月	
唐武宗	2	会昌元年正月、会昌五年正月	
唐宣宗	2	大中元年正月、大中七年正月[①]	
唐懿宗	2	咸通元年十一月、咸通四年正月	
唐僖宗	2	乾符元年十一月、乾符二年正月	有司摄事
唐昭宗	1	龙纪元年十一月	

　　隋唐时期的圜丘祭天活动，有史料记载的很少，"有司摄事"基本阙如；即使皇帝的亲祭有史料记载，也极为简单。从宏观层面来看，隋唐时期的圜丘祭祀活动，有以下特点：

[①] [日]金子修一认为该条是重复记录，见《古代中国与皇帝祭祀》，上海：复旦大学出版社，2017年，第54页。

第一，隋唐圜丘祭祀主要以"有司摄事"的形式进行，皇帝"亲祭"反而成为例外。建立在儒学价值体系下的祭天礼仪，对皇帝亲自参与祭祀活动有着严格的规定。《论语·八佾》有云："祭如在，祭神如神在。子曰：'吾不与祭，如不祭。'"向来反对谈论"怪力乱神"的孔子认为"祭祀"本身就是要表达对神灵的虔诚，不是摆"虚架子"给人看，让别人代替自己去祭祀就失去了设立祭祀的初衷，还不如不去。

皇帝贵为"天子"，应该恪尽职守，积极参与祭祀活动。但凡事都有例外，如果皇帝突然遭遇变故，该如何处理？根据《礼记·王制》记载：天子遭遇丧事，即使一般祭祀可以不参加，也不能荒废祀天、地、社稷的祭祀，即"丧三年不祭，惟祭天、地、社稷，为越绋而行事"①。如果祭祀当天遭遇突发事件，皇帝不能参与祭祀，怎么办？这就牵涉"代祭"问题。《周礼》等经典及其注疏以为，如果祭祀当天天子突发疾病或者精神异常，导致不能参加祭祀，可以由大宗伯代替。若后者不能参加，就由

① [东汉] 郑玄注，[唐] 孔颖达疏：《礼记正义》卷十二《王制第五》，北京：中华书局，1980 年，第 1334 页。

冢宰来代替。因此，非到万不得已，皇帝都要亲自祭祀。

按照唐代礼仪制度规定，"中祀"以上祭祀活动都需要皇帝亲自参加。依据这一规定，需要天子亲自参加的大型祭祀活动很多，光正祭就有 22 次之多。另外，唐王朝不断提升祭祀的规格，在南郊祭祀和雩祀中都要祭祀昊天上帝，于是"一岁之间不能遍举，则有司摄事。其非常祀者，有时而行之"①。由于需要亲自参与的祭祀数量太多，礼仪制度太过烦琐，皇帝不胜其烦，干脆几乎不再参加祭祀活动了。这可能只是导致"有司摄事"占主体的一个因素。

事实上，即使"有司摄事"，皇帝也需要在宫中正襟危坐，而不是处理紧急政务。因此，不能将唐代祭祀数量过多，作为皇帝几乎不亲自参加祭祀，"有司摄事"反而成为常态的原因。事实上，以"关陇贵族"构成的唐王朝统治集团之所以让"有司摄事"成为祭祀的常态，根本原因在于其继承了北朝、隋代以来"有司摄事"的制度，不需要再像东晋、南朝一样为了与北朝对抗而通过皇帝厉行亲祀来彰显

① [北宋] 欧阳修，宋祁等：《新唐书》卷十一《礼乐志一》，北京：中华书局，1975 年，第 310 页。

王朝的正统性。

对于隋唐的圜丘祭祀来说，皇帝"亲祀"和"有司摄事"二者有本质不同。"有司摄事"在形式上只是草草了事，缺乏严肃性和组织性，皇帝只需要在祝版上签署自己的名讳即可。

文宗大和九年（835），朝廷发布整饬"有司摄事"的诏书，指出"有司摄事"祭祀中存在的严重问题，包括缺乏祭祀供具，致斋之日赌博、饮酒，祭祀现场喧哗吵闹，参加者随意替换，检查供牺动物偷工减料，庙内空地有垦殖、植被，祭器、礼物残次等。①这种状况反映了唐代后期因统治权力削弱导致的"有司摄事"的混乱，但也反映了有司摄事和皇帝亲祭之间的差别。

皇帝"亲祀"需要提前两到三个月发布诏敕，宣布皇帝亲祭的时间，并讨论相关礼仪。主管礼仪的部门需要三个月以上的精心准备，动员相关部门，在仪仗、车驾、帷帐、祭品、乐器等方面精心准备，还需要组织外族使节、客商和贵族等人员观礼。

亲祭当天，祭祀每个环

① ［北宋］王钦若等：《册府元龟》卷三十四《崇祭祀第三》，南京：凤凰出版社，2006年；［日］金子修一：《古代中国与皇帝祭祀》，上海：复旦大学出版社，2017年，第46页。

节的安排都不能有丝毫纰漏，需要井然有序，要求组织者发挥其巨大的协调能力。同时，祭祀前后的多天时间，皇帝及大臣都要参加斋戒，可能无法处理国事，对国家机器的正常运转造成影响。祭祀当天，皇帝要率领文武大臣参加一系列烦琐、紧凑的礼仪活动，对其精力、体力是巨大消耗。

隋唐"有司摄事"成为祭祀的常态，并非表明皇帝太过懒惰，不重视祭祀活动，也不应该受到指责。[1]事实上，"有司摄事"可以避免过于频繁的祭祀活动对国家财力和正常行政事务的影响，皇帝偶尔的亲祭活动使国家祭祀活动得以延续，也并非皇帝"率性而为"，而是反映帝王的特定政治意图，有重大政治意义。

第二，安史之乱后，皇帝圜丘亲祭逐渐制度化，并附加了更多政治内涵和意义。唐代"有司摄事"之所以成为主流，除皇帝亲祭太过耗时耗力，给国家带来巨大的财政负担外，很重要的一个原因是北朝以来所形成的"有司摄事"制度使然。

唐代绝大多数帝王都对圜丘祭祀非常重视，亲自或指派

① ［五代］刘昫等：《旧唐书》卷七十四《马周传》，北京：中华书局，1975年，第2614页。

高级官员赴圜丘主持祭天活动。其中个别没有参加亲祭的皇帝，也并非不愿亲祭，只是情势使其不得不放弃。唐顺宗李诵于贞元二十一年（805）正月即位，八月就"内禅"宪宗，在位不足一年。并且，唐顺宗身患重疾，自贞元二十年（804）九月起就"不能言"，无法亲祭也是情有可原。

唐王朝"末代皇帝"——哀帝于天祐元年（904）八月即位，本来已经计划次年十月九日于圜丘亲祭。然而，朱温担心其利用祭天延续唐祚，一再阻挠、破坏，致使唐王朝圜丘祭天终成"往事"。可见，唐代皇帝不能亲自参加圜丘祭天，并非畏惧祭祀礼仪的烦琐，一般都是形势所迫，不能为而已。

唐代中后期，国势日衰，帝王们并没有将圜丘亲祭看作是耗财费力的"繁文缛节"，而是赋予其新的政治内涵和意义。德宗在即位的第二年举行了一系列祭祀，于是皇帝即位次年正月举行亲祭就成为定制。德宗还在正月一日改元，亲郊当日大赦，这也逐渐制度化。穆宗以后，改元和大赦都在亲郊当日进行。皇帝通过圜丘亲祭这场公开的政治活动，利用赦文宣扬了自己的政治主张，扩大了政治影响力。

第三，隋唐圜丘祭祀以冬至祭天和正月上辛日的南郊祈谷最为重要，皇帝亲祭的发生频率最高。前表所统计的隋唐 41 次圜丘祭天活动，有 24 次是在十一月冬至举行，比例最高。正月上辛日南郊祈谷祭天有 12 次，其余圜丘祭天活动则屈指可数。[①]唐代每年四次圜丘祭天活动，冬至和正月南郊祈谷祭天时间固定，另两次具有一定的随机性。按照《周礼》这一儒家经典及注疏，正式圜丘祭祀昊天上帝应该在冬至举行，礼仪最为隆重。

正月上辛日举行的南郊祈谷祭祀本是为了祈盼来年风调雨顺、五谷丰登，后根据郑玄的理论，增加祭祀五方大帝，即"感生帝"的内容。后来再杂糅王肃学说，冬至祭祀昊天上帝与正月上辛日南郊祈谷使用同一祭坛，这样两次祭祀活动最终都在圜丘举行。唐代又在正月上辛日南郊祈谷增加祭祀昊天大帝的内容，这样冬至祭天与正月上辛日南郊祈谷在祭祀对象上也逐渐趋同。

另外两次圜丘祭天活动是唐代其他祭祀的"升级"，孟夏的雩祀本来是地方的祈雨活

①王琪：《唐都长安的礼仪空间》，硕士学位论文，陕西师范大学历史文化学院，2007 年，第 9 页。

动，后来逐渐升级为祭祀昊天上帝的活动；季秋明堂祭祀本来祭祀五方大帝，只是隋唐明堂建筑一般都付诸阙如，才不得不转移到圜丘举行，同时祭祀对象也"升级"为昊天大帝。

因此，唐代帝王最重视冬至圜丘祭天，其次是正月上辛日南郊祈谷，但是孟夏、季秋祭天大典如果与皇帝登基、改元等政治事件相联系，则具有非凡意义。

第四，隋唐圜丘祭天逐渐呈现出"社会化"的趋势。天宝年间，唐玄宗开创和确立了一系列太清宫祭祀老子、太庙祭祀祖先、南郊祭祀昊天上帝的礼仪制度，使祭祀活动在京城的波及区域扩大，影响力增强，从而推动了皇帝亲祭的世俗化和社会化。例如会昌元年（841）正月，唐武宗即位后进行首次亲祀，日本僧人圆仁正好在长安，将其见闻记录了下来。圆仁在《入唐求法巡礼行记》卷三中记录："八日，早朝出城，幸南郊坛。坛在明德门前。诸卫及左右军廿万众相随。诸奇异事不可胜计。"由此可见，皇帝亲祭已经成为长安市民瞩目的重要政治事件。另外，自武则天以来，亲祭与改元、大赦等政治因素紧密相关，与广大民众的生活息息相关，因此社会性逐渐加强。

第三节
隋唐圜丘祭祀的意义

隋文帝在大兴城修筑圜丘祭坛，开启了长安圜丘祭天的新时代。唐代前期，经历太宗、高宗、武则天、玄宗对圜丘祭天礼制的不断变革，唐代的圜丘祭天礼仪逐渐定型。安史之乱后，帝国辉煌不再，圜丘祭天成为保持皇帝权威的重要方式，受到重视。

龙纪元年（889），昭宗"有事于南郊"，成为长安城举行的最后一次圜丘祭天。天祐元年（904），朱温强迫昭宗迁都洛阳，长安城被毁。持续314年的圜丘祭天活动伴随一个辉煌时代的"落幕"而终结。然而，持续300余年的隋唐圜丘祭天并非"繁文缛节"，而是有着重大的政治、文化意义，对隋唐帝国的政权稳固发挥了重要的作用。

首先，圜丘祭天是维护王朝统治的重要手段。

圜丘祭天是隋唐礼仪活动的重要组成部分，受到历代统治者的重视，在形式和内容上得到不断发展和完善，成为帝王加强统治的重要手段，主要表现在以下方面：

第一，控制神权是保证政权合法性的重要手段。

李斌城主编的《唐代文化》一书中提到"任何政权的持有者，都必须对其政权产生的根据做出说明，这种说明一方面反映了执政者对其政权的认识与理解，一方面反映了他们的政权性质或他们执政的目的"。祭天活动就是古代帝王对其政权产生来源的诠释，表达了其对自己执政的理解，反映了其执政的目的。

《左传》有云："国之大事，在祀与戎。"此处的"祀"就是祭祀，而最高级别的祭祀就是对"上天"的祭祀，因为人间的统治者自诩为"天子"，是代表上天统治尘世万民的，故有生杀予夺的权力。天子通过祭祀向上天汇报"工作"，再接受上天的"指示"，从而保证统治的正确性。这种"对话"的"技术"可能性和是否实现，并不重要，重要的是帝王对祭祀上天权力的"独占"。隋文帝杨坚从北周统治者手中夺得政权，手段并不"合法"，因此重视隋帝国的文化制度建设，包括祭祀、礼仪、历法、音乐等。隋文帝修筑圜丘祭坛，以及唐代统治者对圜丘祭天礼仪制度的奠定，对两个王朝统治的稳固发挥了重要作用。

隋炀帝并不存在构建政权"合法性"的强烈需求，对祭祀活动缺乏热心，且祭祀太过草率，致使圜丘祭天并未达到巩固统治的目的。李唐政权通过禅让和战争继承了杨隋政权，顺理成章地保留并继续使用隋代修筑的圜丘，而且继承了相关的祭祀礼仪制度，显示了帝国的"自信"。李唐统治者对于圜丘祭天礼仪制度极为重视，不断颁布和更新相关法令，并赋予其新的政治意义，这种传统一直持续到帝国统治终结。

第二，圜丘祭天进一步强化了皇权。

皇帝权力至高无上，一定程度上体现着"天"的意志与品格。通过圜丘祭天，隋唐帝王使这一观念潜移默化地深入人心，使皇帝权力更加牢固。皇帝在圜丘祭祀中的独特身份，使其权力与人格进一步被神圣化与神秘化。隋唐在圜丘祭天礼仪制度的制定中，通过"名号"

变易，不断强化皇权。

隋唐本来继承了北朝以来郑玄的"感生帝"学说，在正月上辛日祈谷祭天、雩祀和明堂都有祭祀五方上帝的传统，但是唐代统治者逐渐将其升级为祭祀昊天上帝。通过这一方式，使五方上帝降级，昊天上帝独尊，逐渐强化了帝王在人世间至高无上的皇权。《隋书·礼仪一》记载，"五时迎气，皆是祭五行之人帝太皞之属，非祭天也。天称皇天，亦称上帝，亦直称帝。五行人帝亦得称上帝，但不得称天"，明确了五方上帝与昊天上帝的区别。

武则天统治时期，也曾经下诏。据《全唐文》卷九十六《五帝皆称帝敕》："天无二称，帝是通名。承前诸儒，互生同异。乃以五方之帝亦谓天。假有经传互文，终是名实未当。称号不别，尊卑相混。自今郊祀之礼，唯昊天上帝称天，自余五帝皆称帝。"

《全唐文》卷五十一《祀五方配帝不称臣诏》记载，德宗贞元元年（785）冬至圜丘祭天，下诏："郊祀之礼，本于至诚。制礼定名，宜从事实。五方配帝，上古哲王，道济烝人，礼著明祀。论善计功，则朕德不类；统天御极，则朕位攸同。而祝文称臣以祭，既无益诚敬，有黩等威。此岂朕禋祀聪明、昭格上下之意……自今已后，五方配帝祝文勿称臣。"德宗将五方上帝正式降格为"人"，剥夺了"神"性。隋唐以来，不断降低五方上帝地位，独尊昊天上帝，这种举措是一以贯之的。正是通过这一方式，隋唐帝王稳固了"天子"地位，一步步加强了皇权。

圜丘祭天具有稳固统治、凝聚人心的作用。《礼记正义》卷五《曲礼下》记载："天子祭天地，祭四方，祭山川，祭五祀，岁遍。诸侯方祀，祭山川，祭五祀，岁遍。大夫祭五祀，岁遍。"祭天大礼只能由皇帝举行，诸侯、大夫只能祭祀山川、祖先。统治者通过祭天，突出自身的特殊地位，从而加强了对国家和社会的控制。

在隋文帝统治时期，通过圜丘祭天礼仪制度的修订，以及偶尔的亲祀和定期的有司摄事，显示了对国家的有效治理。隋炀帝在结束与高句丽的战争后，圜丘亲祀的初衷也是为了结束国内的混乱，稳固其统治，但是隋炀帝并没有认识到亲祭的真正意义，并未达到应有的效果。

相对于隋代统治者，李唐王朝的统治者做得更好。唐高祖李渊、唐太宗李世民、唐高宗李治、武则天和唐玄宗李隆基等，通过不断修改礼仪制度和进行亲祭来申明其政治主张，扩大其政治影响力。

安史之乱后，李唐统治者并没有因为国势衰微而懈怠圜丘祭天，反而更加清楚地认识到圜丘祭天的政治意义，将其与当时的政治紧密结合，巩固统治。如唐肃宗收复长安后，在乾元元年（758）四月，"甲寅，……亲享九庙，遂有事于圜丘，即日还宫"[①]。安史之乱后，关中惨遭战争蹂躏，唐军处于极端不利条件下，肃宗此举具有重要的政治象征意义。

贞元元年（785），德宗在遭遇建中削藩失败，"奉天之难"后，终于收复长安，使李唐王朝转危为安，于是该年冬至"亲祀昊天上帝于圜丘"[②]。后来的唐代统治者还将圜丘祭天与改元、大赦等政治活动结合起来，增强了圜丘祭天的政治色彩。正如有学者指出的，"唐后半期，即位翌年的一系列亲祭对于各皇帝来说有着重要的意义……固然亲祭的执行没能阻止唐朝政权的弱化，但置身不利境遇的皇帝想要把亲祭当成强化自己政

[①] [五代] 刘昫等：《旧唐书》卷十《肃宗》，北京：中华书局，1975年，第252页。

[②] [五代] 刘昫等：《旧唐书》卷十二《德宗上》，北京：中华书局，1975年，第351页。

权的一个手段却是事实"①。

唐代统治者不仅关注祭祀本身,更重视祭祀所能带来的政治效应。浩浩荡荡的祭祀队伍和繁复的祭祀仪式,展现了王朝的盛世景象。帝王通过对等级森严的天地诸神的祭祀,向臣民宣示天子在人世间的独尊地位。因此,唐代祭祀除了神道设教,彰显李唐统治合法性外,还具有现实的政治功能。每逢皇帝郊祀,不免大肆犒赏、恩荫宗亲及大臣子弟,这无疑是皇帝与宗室、官僚进行经济、政治利益重新分配的良好契机。每逢皇帝亲祭,都伴随着大赦天下,释放囚犯,借机以缓和社会矛盾。

其次,圜丘祭天对皇权的约束作用。

古人认为"天"是宇宙万物的创造者,将其看成是至高无上的"神"或最高主宰,人必须依照"天道"行事,即《孟子正义》卷十三《尽心上》所谓"存其心,养其性,所以事天也"。古代帝王祭祀昊天上帝,期望获得上天的保佑和庇护,于是祭天就成为王朝的第一礼仪大典,成为中国古代最庄严、最隆重的祭祀仪式。

也只有当天子率领文武群

① [日]金子修一:《古代中国与皇帝祭祀》,上海:复旦大学出版社,2017年,第58页。

臣向上天虔诚祈祷，代表天下黎民事天，感恩上天降福，祈祷风调雨顺，国泰民安时，无比显贵的帝王才会意识到自己的行为也会受到"上天"的约束，从而敬天、畏天。

"敬天"一语由周人提出，"敬"是尊崇、畏惧，"敬天"就是崇拜、顺从以上帝为中心的鬼神世界。"敬天保民"的思想是商周之际特定的历史条件下的产物，是周初期统治的基本政治和治国方针，体现了周初统治者的新认识，认为"上天"只把统治人间的"天命"交给有"德"者，一旦统治者"失德"，就会失去上天的庇护，新的有德者即应运而生并取而代之，作为君临天下的统治者应该"以德配天"。因此，作为人世间的最高主宰——天子也不敢有丝毫怠慢，不得不敬天、畏天。

汉代董仲舒进一步阐述了"天人关系"，认为"天地之物有不常之变者谓之异，小者谓之灾。灾常先至而异乃随之。灾者，天之谴也；异者，天之威也"[1]。董仲舒还说："视前世已行之事，以观天人相与之际，甚可畏也。国家将有失道之败，而天乃先出灾害以谴告之；不知自省，又出怪异以警惧之；

[1] [西汉] 董仲舒撰，[清] 凌曙注：《春秋繁露》卷八《必仁且知》，北京：中华书局1975，第317页。

尚不知变，而伤败乃至。以此见天心之仁爱人君，而欲止其乱也。自非大亡（无）道之世者，天尽欲扶持而全安之，事在强勉之而已矣。"[1]董仲舒认为"天"对地上统治者用符瑞、灾异分别表示希望和谴责，用以指导其行动。遇到这些"灾异"，皇帝就要"修省"。如果"修省"之后，"灾异"不消，皇帝就要受"天"之罚。出于对上天的敬畏，灾异之变也往往使拥有至高无上权力的皇帝警觉，反省理政过程中自己的过失，减少施政当中的失误。

唐代依然奉行君权神授说和天人感应说，对祭祀昊天上帝制定了空前完备和周密的礼仪，并把各种自然灾变理解为上天对皇帝的警戒和惩罚。由于皇帝所敬畏者尚有一高高在上的"天"（上帝），就使得至高无上的皇权有了一定限制。在这种情况下，皇帝也容易听从臣下的劝谏。

《贞观政要》卷六《谦让》记载，贞观二年（628），唐太宗就对侍臣说："人言作天子则得自尊崇，无所畏惧。朕则以为正合自守谦恭，常怀畏

[1]［东汉］班固：《汉书》卷五十六《董仲舒传》，北京：中华书局，1962年，第2513页。

惧……凡为天子，若惟自尊崇，不守谦恭者，在身倘有不是之事，谁肯犯颜谏奏？朕每思出一言，行一事，必上畏皇天……但知常谦常惧，犹恐不称天心及百姓意也。"

贞观二年（628），旱、蝗并至，唐太宗下"罪己诏"："若使年谷丰稔，天下乂安，移灾朕身，以存万国，是所愿也，甘心无吝。"①唐太宗李世民为了百姓有饭吃，宁愿上天把一切灾难都降在他一人身上。正是由于唐太宗敬天、畏天，才能积极纳谏、勤政爱民、严格守法，使得执政过程中失误较少，在历史上留下了一个颇令后世称誉的"贞观之治"。反观隋炀帝蔑视圜丘祭祀，不敬畏天地，骄矜拒谏，与臣子离心离德，举止毫无节制，随心所欲，终致以万乘之尊死于匹夫之手。

事实上，圜丘祭祀活动本身就是敬天、畏天的表现。圜丘祭祀前夕，隋唐帝王要进行七天的斋戒。斋戒期间，皇帝要独守斋宫，不饮酒、忌荤腥、不作乐、不见妃嫔，清心寡欲，反躬自省。祭祀过程中，天子会暂时屈尊于上天威严之下，恭敬、虔诚地行使礼仪。

武德元年（618）五月甲子，

① ［北宋］司马光：《资治通鉴》卷192《太宗贞观二年》，北京：中华书局，1976年，第6161页。

唐高祖建唐称帝，在京师长安城举行祭天仪式，册文说："皇帝臣某，敢用玄牡，昭告于皇天后帝。"[1]祭祀当天，皇帝不再有君临万民的威严，而是以一个臣子的身份在圜丘之上行跪拜之礼，匍匐于昊天上帝脚下，自称"臣某"。在礼仪官员的指引下，皇帝向昊天上帝进献牺牲、玉帛。

唐代社会假手于祭祀之"天"，迫使皇帝检讨错误，克己尽职；臣僚依仗所祭之"天"，大胆针砭时弊，限制皇帝荒怠政事和作威作福，从而一定程度上制约了皇权。在当时社会条件下，这不能不说是有益的现象[2]。唐代统治者重视祭天，表示其敬天、畏天，从而受到督促和规砺，使其一定程度上精勤政务，关心民生，进而有利于社会发展。

再次，圜丘祭天有利于中国的"大一统"。

祭天是华夏民族最隆重、最庄严的祭祀仪式，是人与天的一种"交流"形式。在古代社会，祭天仪式通常由"天子"垄断，在圜丘由其主持完成。

①［唐］温大雅：《大唐创业起居注》卷三，上海：上海古籍出版社，1983年，第57页。
②胡如雷：《李世民传》，北京：中华书局，1984年，第108页。

天子通过祭祀昊天上帝来表达对"天"滋润、哺育万物的感恩之情，并祈求昊天上帝保佑其子民。

在祭天活动中所形成的天子代理"上天"统御万民的思想架构下，逐渐形成中国特有的"天下观"。《诗经》中"普天之下，莫非王土；率土之滨，莫非王臣"就是这种"天下观"的反映，同时也隐含了"大一统"的思想。因此，"天下观"形成于先秦，是中国古代的世界秩序观，其最高理想是天下大同，这使中国文化具有了包容非华夏民族的文化基因，形成了中华民族特有的凝聚力和向心力。[①]

西晋永嘉南渡以后，中国长期陷入分裂状态，社会动荡，战争不息。在文化领域，有关圜丘祭天的"学术"之争逐渐成为不同利益集团的政治之争。

对于圜丘祭天礼仪，形成了南北对抗，南方和北方各持一说的局面。南朝基本认同王肃说，主张圜丘和南郊、方丘和北郊分别是同一祭坛；北朝则认同郑玄说，主张圜丘和南郊、方丘和北郊相互分开，祭祀各自天神和地祇。

①刘丹忱:《中国的"天下观"与西方的世界秩序观》,《武汉大学学报》2016年第5期。

隋唐统治者立足于现实政治考虑，致力于消弭长期的南北纷争所带来的文化裂痕，为了实现国家的大一统，将郑玄与王肃的两种学说不断整合，最终将圜丘祭天的祭祀对象、场所等统一。

其祭天礼制改革的内容有：

首先，经过隋唐历朝反复讨论、修订，将正月上辛日南郊祭祀、雩祀和明堂祭祀的"五方上帝"，由"天"逐渐降为人间的"帝"，祭祀中君主不再对其"称臣"，这样就间接提高了皇帝的地位。

其次，隋朝建国之后，继承了北朝的郑玄"六天说"，圜丘祭祀昊天上帝，南郊正月上辛日祭祀感生帝。李渊建国，唐承隋制，但是认为王肃学说更有利于王朝的大一统，于是将冬至祭天与南郊正月上辛日祭祀统一于圜丘祭天。

再次，唐代统治者将圜丘祭天、南郊正月上辛日、雩祀和明堂祭祀统一升格为祭祀昊天上帝，从此结束了数百年来有关圜丘祭天的郑玄—王肃学说之争。

经过隋唐两朝统治者的不懈努力，最终确立了昊天上帝的唯一祭祀对象与圜丘的唯一祭天场所，"理顺了诸神之间的关系，也理顺了被祭祀诸神与祭祀者之间的关系。……从社会心理的角度促进了国内各地区、各民族之间的认同，使唐代成为中华民族形成、壮大以及中国古代文化大一统局面发展过程中的关键时期之一"①。最终，不仅强化了隋唐帝王的专制，也使得"大一统"的观念深入人心。

---

①任爽：《唐代礼制研究》，长春：东北师范大学出版社，1999年，第25页。

第二章

隋代帝王与圜丘祭天

杨坚取代北周，建立了隋，创建了大兴城及圜丘祭坛。隋王朝沿袭了北周以来的祭祀制度，继承了「有司摄事」为主的祭祀形式，以及圜丘祭祀昊天上帝和南郊祭祀感生帝的传统。隋文帝出于代周后维护隋政权合法性的需要，重视国家祭祀制度建设，营建了圜丘等礼仪建筑。

隋炀帝即位后，蔑视「耗时费力」的祭天活动，将其视为「繁文缛节」，仅有的一次圜丘亲祀还因准备不足而草草收场，仿佛预示着隋王朝的「不祥」结局。

第一节
天坛初建——隋文帝与圜丘祭天

  北周大定元年(581),大丞相杨坚逼迫年仅9岁的北周静帝宇文阐禅位,成为新建隋王朝的皇帝。由于北周宣帝宇文赟荒淫残暴,所以朝内人心不附,而且新即位的静帝年幼,"主少国疑"。在这种背景下,生活节俭、擅长笼络人心、推行宽和之政的杨坚顺利独揽大权,很快肃清了包括宇文氏在内的所有反对势力,使其"帝王之路"走得较为"轻松"。杨坚取代北周,可谓"鸠占鹊巢",即位后马上将昔日厚待自己的宇文氏一族诛杀殆尽,完全具备一个开国之君的"基本素质"。因此,清代历史学家赵翼感慨道:"古来得天下之易,未有如隋文帝者,以妇翁之亲,安坐而登帝位……窃人之国,而戕其子孙至无遗类,此其残忍惨毒,岂复稍有人心!"[①]

① [清]赵翼:《廿二史札记》卷十五《隋文帝杀宇文氏子孙》,北京:中华书局,2008年,第217页。

开皇二年（582），隋文帝认为旧长安城"凋残日久"，水污染严重，已经不适合作为帝国的都城。隋文帝任命上开府、匠师中大夫宇文恺为营建新都的总设计师，仅用9个月时间就在城东南方向的龙首原南坡创建了一座宏伟的新都，称作"大兴城"①。

隋文帝不仅"轻松"夺取了北周江山，还继承了北周武帝宇文邕南征北战开创的统一事业。此时处于江南一隅的陈国，在沉溺酒色的后主陈叔宝的治理下，政治腐朽，上下离心。陈后主自以为有"金陵王气"护佑，军事上疏于防范。开皇九年（589），隋50余万大军在晋王杨广的统率下，兵分八路南下，一举攻占石头城，生擒陈后主。自西晋灭亡以来，中国南北分裂将近400年后，再次实现了统一。

隋文帝生活俭朴，不穿绫罗，每餐只食一肉，但对有功人员的赏赐却不吝钱财。执政期间，勤于政事，励精图治，开创了中国历史上著名的"开皇之治"。隋文帝改革、完善了府兵制，废除九品中正

①隋文帝时期，大兴城只完成了宫城和皇城。直到大业九年（613），大兴城才开始修筑外郭城部分城垣。由此可见，大兴城的修建并非一蹴而就，而是一个逐渐完善的过程。

制，创立三省六部制，推行均田制，修订《开皇律》。隋文帝开创了一系列制度，为后来的唐帝国所继承，对后世产生深远影响。另外，隋文帝深知自己得位非正，内心不安，竭力要树立自己的权威；加之南北分治数百年，统一来之不易，要巩固统一王朝，文化礼制建设必不可少。

隋文帝时期，为了修正雅乐、校订历法等，进行了长期、深入的争论，最终制定了雅乐与历法系统。祭祀礼仪方面，隋文帝亦有较大举措：

首先，确定了天神祭祀的等级，《隋书》卷六《礼仪一》规定："昊天上帝、五方上帝、日月、皇地祇、神州社稷、宗庙等为大祀，星辰、五祀、四望等为中祀，司中、司命、风师、雨师及诸星、诸山川等为小祀。"其次，继承了北朝以来一直奉行的郑玄"六天说"，将圜丘与南郊、方丘与北郊分别祭祀，圜丘祭祀昊天上帝，南郊祭祀感生帝。再次，隋文帝在大兴城南修筑了祭祀昊天上帝的宏伟祭坛——圜丘。

开皇九年（589），隋文帝灭陈后，起用南朝礼官来完善隋王朝的祭祀制度。次年，隋文帝接受了国子祭酒辛彦之关于祭祀礼仪的主张，定址于大兴城太阳门南，令其主持修建祭天神坛——圜丘。史载："高祖受命，欲新制度。乃命国子祭酒辛彦之议定礼典。为圜丘于国之南，太阳门外道东二里。其丘四成，各高八尺一寸。下成广二十丈，再成广十五丈，又三成广十丈，四成广五丈。"辛彦之凭借精深的儒家礼学和工程建筑学识，深孚众望，完成了隋唐两代使用300余年的祭祀昊天上帝的神坛——圜丘的建造。

辛彦之何许人？据《隋书·辛彦之传》记载：辛彦之为陇西狄道（今甘肃临洮）人，祖父辛世叙曾经为凉州刺史，父亲为魏州刺史，可见辛彦之出身官宦世家。不过辛彦之很不幸，9岁就失去了父亲。东晋以来，河西地区儒学兴盛，辛彦之受其影响，自幼博览经史，与后来的隋代名臣天水牛弘有共同的志向，曾经一起学习。后来，辛彦之定居长安，受到北周太祖宇文泰的器重和赏识。

北周建立之初，朝臣多为不识字的武夫，就由辛彦之出任中书侍郎，修订各种礼仪制度。北周闵帝即位，辛彦之与少宗伯卢辩一起负责制定朝廷礼仪。北周明帝和武帝时，辛彦之先后担任典祀、太祝、乐部、御正四曹大夫等职务。还曾经作为使者迎接突厥皇后（突厥木杆可汗阿史那俟斤之女，北周武帝宇文邕的皇后）还朝，并购买良马 200 多匹，因功赐爵龙门县公，封邑千户。

杨坚建隋，辛彦之出任太常少卿、国子祭酒、礼部尚书等，与秘书监牛弘一起修撰《新礼》。陈灭亡以后，隋文帝欲援引南朝儒学之士作为顾问，令辛彦之与吴兴沈重等硕儒讨论儒学经义和礼制，沈重的学识无法与之匹敌。他曾说，辛彦之的学识犹如金城汤池，实在无处可攻。后来辛彦之出任随州刺史，当时地方长官多向朝廷进贡珍宝古玩，只有辛彦之进贡祭祀用的器物。彦之所收集、进贡的古物，对恢复古礼很有帮助。接着辛彦之又迁任潞州刺史，政声极佳。辛彦之崇信佛教，在潞州城内修建了两处寺庙，佛塔高达 15 层。

《隋书》卷七十五《辛彦之传》记载，开皇十一年（591），潞州有个叫张元的人暴病而亡，数天之后复活，据说是曾神游天外，见到一处新修殿堂，极为壮观、崇丽，他询问修建此处殿堂的原因。天人们说，潞州刺史辛彦之有大功德，这是为其所建造的居所。辛彦之听说后，很不愉快，自知将不久于人世，果然在这一年病死于潞州任上。辛彦之不仅在制定朝廷礼典和修订仪注上颇有贡献，还撰有《坟典》《六官》《礼要》《新礼》《五经异议》，惜皆佚亡。可见，辛彦之作为隋代名重一时的经学大师，对于隋代的礼仪制度建设做出了杰出贡献。

隋朝继承了北朝以来"有司摄事"为主的祭祀制度，皇帝很少参加"亲祀"，因此但凡皇帝"亲祀"，应该都具有特殊的政治意义。

隋文帝在建国两年后的开皇三年（583）进入长安，并在这一年和次年亲祭郊庙。不知此时大兴城的祭祀礼仪建筑是否建造完成，但圜丘尚未营建，因此隋文帝此次亲祭可能使用的是旧长安城的圜丘，或者用其他祭祀建筑替代。这一年，隋文帝已经肃清朝廷的反对势力，统治逐渐稳固。此时隋文帝以天子的身份祭告上天，从法理上获得"授权"，向天下宣告一个新王朝的诞生，树立了大隋皇帝至高无上的权威，具有重要的现实意义。

大兴城的圜丘建好后，隋文帝一直未曾参加"亲祀"。到了仁寿元年（601）冬至，隋文帝才第一次登临神坛祭祀昊天上帝。这也是隋代圜丘建好后登上神坛的第一位帝王，具有重要的意义。此时的隋王朝经济繁荣，军事上得以威慑突厥，但隋文帝猜忌、好杀的本性导致王朝出现了巨大的危机和隐患。就在亲祭圜丘的前一年，即开皇二十年（600），隋文帝做出了人生中最重要的决定——废掉了生活腐化、亲近小人的太子杨勇，新立善于文饰、狡黠、野心勃勃的晋王杨广为太子。[①]因隋文帝废立太子，诛杀大臣，牵连甚广，造成政局动荡。

同年，隋文帝还自毁"长城"，冤杀曾经平定隋初地方叛乱、为统一江南立下赫赫战功的开国功臣史万岁。令突厥闻风丧胆的史万岁刚从边塞回朝，就因杨素瞒报其部将军功与隋文帝发生冲突，后来杨素又诬陷其谒见太子杨勇。在杨素的蛊惑和挑拨下，恼羞成怒的隋文帝将其暴杀于朝堂。

在废立太子，诛杀功臣中失去理智的隋文帝，又受到太史令的"蛊惑"，以为出现祥瑞。太史令袁充为了讨隋文帝欢心，奏言道："隋兴已后，日影渐长，曰：'开

①黄冬云在《隋文帝废立太子原因探析》（《南京社会科学》，1998年，第2期）一文中认为：杨勇骄奢淫逸的生活作风，与隋文帝巩固统治地位的愿望发生了矛盾，这是太子杨勇被废的基本原因。而太子集团势力的扩大，形成了对皇权的潜在威胁，引起了文帝的严重不安，这是太子杨勇被废的主要原因。

皇元年，冬至日影长一丈二尺七寸二分，自尔渐短，至十七年，冬至影一丈二尺六寸三分……短于旧影三寸七分。日去极近则影短而日长，去极远则影长而日短……伏惟大隋启运，上感乾元，影短日长，振古未之有也。"[①]听了袁充的"报告"，隋文帝稍感欣慰，觉得还是"上天"最明白事理，终于消除了因废立太子和滥杀功臣而产生的顾虑和内心不快。《隋书》卷十九《天文上》记载，欢欣之余，隋文帝临朝对百官言："景长之庆，天之佑也。今太子新立，当须改元，宜取日长之意，以为年号。"可见第二年改"开皇"为"仁寿"，与杨广新立为太子和"影短日长"的祥瑞有关。

为了稳定因太子废立和诛杀功臣导致的朝局动荡，隋文帝认为"改元"还不够，因此当年又决定亲祭圜丘。

仁寿元年（601）冬至，隋文帝在祭祀昊天上帝的同时，也祭祀五方上帝，礼仪规格极高，与封禅祭祀内容相同，其主要目的在于巩固杨广

①所谓"影短日长"，意思是开皇元年（581）隋刚建国的时候，冬至的日影长达一丈二尺七寸二分。从那年开始，白昼时间就逐渐延长。到开皇十七年（597），冬至日影比从前短了三寸七分，白昼却比以前多了好几个时辰。太史令认为这是大隋开启世运，感动上天而产生的祥瑞。（[唐]魏徵等：《隋书》卷六十九《袁充传》，北京：中华书局，1973年，第1611页）。

的太子地位，稳定政局，开启隋王朝的新时代。《隋书》卷十九《天文上》记载了隋文帝在此次圜丘祭天中使用的祝文，言"嗣天子臣坚，敢昭告于昊天上帝"，之后备述符瑞，诸如"石变为玉"，山呼"国兴""万年"等，均为溢美、空虚之言，隋文帝对祥瑞的"狂热"追求似乎反映了其对政治的担忧。圜丘冬至亲祭两年后的仁寿四年（604），64岁的隋文帝在纷扰的政局中，神秘地死去。②

隋文帝统治时期，取得了令其他帝王无法望其项背的文治武功，创建了一系列重要制度，例如统一分裂数百年的中国、废除九品中正制、制定相对宽松的《开皇律》。隋文帝还实现了一个庞大帝国的人口增殖、经济繁荣，有学者认为其历史的重要性被严重低估。但是，隋王朝二世而亡与隋文帝也有很大的关系。

唐人魏徵所修的《隋书》总结隋文帝的败政有：

素无学术，好为小数（即术数。泛指阴阳卜筮、鬼神

②关于隋文帝的死因，说法很多。据唐人马总的《通历》记载，（起因是杨广对宣华夫人无礼）文帝惨死于张衡之手；据唐人赵毅《大业略记》记载，（起因是杨广对宣华夫人蔡氏无礼），隋文帝被毒死；据《资治通鉴》记载，隋文帝被杨广所弑；据《隋书·文帝本纪》记载，隋文帝为正常病死。

隋大兴城平面图

仙道、祈禳厌胜之类），不达大体。隋文帝喜欢祥瑞，但也对猫鬼、巫蛊、厌胜之事严厉打击。另外，隋文帝重视礼乐的重建，但是"大破大建"也是一种文化毁灭。例如牛弘修订雅乐后，将前代金石全部销毁，焚烧乐谱，禁止民间演奏旧乐。

杨坚晚年猜忌心极重，滥杀功臣。有功诸将被隋文帝诛杀殆尽，很少有人善终。平定地方叛乱的郕国公梁士彦、英国公宇文忻，矫诏助其篡政北周的舒国公刘昉，均以谋反被隋文帝诛杀。接着，隋文帝又杀了开国武将元谐和虞庆则。最后，连大破突厥、平定江南的史万岁也惨死于朝堂上。由于隋文帝对开国功臣的滥杀，造成隋代"顺我者昌，逆我者亡"的肃杀政治风气。满朝文武不敢直言极谏，胆战心惊，或唯唯诺诺，或阿谀以图自保，这是造成隋炀帝独断专行的重要原因。

废除学校。隋文帝在重礼修文、圜丘亲祭昊天上帝的当年，废除了太学、四门及州县学，国子学只留70名学生。无论何种原因，这都是开历史"倒车"。

晚年的隋文帝，喜怒无常，刑罚严酷，杀戮太重。一生笃信佛教的隋文帝并无菩萨心肠，屠刀所向，无论贵贱。尽管隋文帝制定的《开皇律》废除了很多不人道的酷刑，但其"有法不依"，刑罚任意。例如隋文帝擅长"钓鱼执法"，为了试探地方长官是否廉洁，令人送其钱财；一旦收受，立即处死。隋文帝还喜欢在朝堂上杖打文武官员，甚至就地处决，令官员毫无尊严，上朝战战兢兢，整个朝堂充满"恐怖"气氛。隋文帝还颁布了许多严酷法令，例如规定盗窃一钱以上者处死，官吏贪污一钱以上者处死，三人合伙盗窃一个瓜果者处死等恶法。

由此可见，隋代的"暴政"实际始于隋文帝，好大喜功的隋炀帝即位，不但不改弦更张，反而有过之而无不及。两代帝王将隋帝国前期积攒的"资本"耗尽，王朝岂能不亡！

第二节
"弃厥肆祀"——隋炀帝与圜丘祭天

"弃厥肆祀"出自《尚书·牧誓》,意思是商纣王荒废了对祖先的祭祀,这是周武王列出的商纣王的一条重要罪状。可见,周人认为荒废祭祀是一种严重罪行。

隋唐时期,圜丘祭天以"有司摄事"为惯例,皇帝偶尔去亲祭,一般很少有人指责。然而,皇帝可以不亲自参加祭祀,但是既然要亲自参加,就一定要遵守礼制,展示自己的虔诚、敬畏之心。

大业十年(614),隋炀帝圜丘亲祭却表现得极为"另类",以致在惜字如金的史官笔下留有"浓墨重彩"的一笔,成为其荒淫无道的"注脚"。当然,隋炀帝的罪名早已罄竹难书,与杀兄弑父、淫母乱伦、沉溺酒色、滥用民力、杀害功臣、吝啬官爵等罪名比起来,对祭祀的不恭并不引人注意。

　　《隋书》卷三《炀帝上》记载，晋王杨广"好学，善属文，沉深严重，朝野属望"，喜欢学习，擅长写作，深沉严肃，深得朝野人士的厚望。开皇八年（588），年仅20岁的杨广出任隋50万大军的统帅，出现在平陈战场。然而，作为名义统帅的杨广并没有施展军事才能的机会，一切行动都要秉承隋文帝指令行事。同时，高颎、韩擒虎、贺若弼等将领秉持着战争的实际指挥权。

　　对于平陈之战和战后的处置，年轻的杨广一定有很多想法，但是慑于隋文帝的猜忌，隐忍不发，只是暗下决心，准备时机成熟后，施展其抱负。平陈战争让杨广第一次从北国来到烟雨江南，顿生留恋之意。战后，杨广获命继续镇守并州，内心不免怅然若失。但是两年后，陈国余部起兵反叛，杨素迅速平叛；杨广临危受命，出镇扬州。除此之外，开皇二十年（600），杨广还与杨素统率大军北击突厥，结果无功而返。隋文帝时代，晋王杨广一直处于隋文帝及其能臣武将的"阴影"之下，并无太大作为，不过这只是其明哲保身的策略。

　　就在开皇二十年（600）从突厥战场归来后，31岁的杨广取代了太子杨勇，成为文帝的"接班人"。从平陈之战到成为太子的 10 余年间，杨广可以做的只有"低调"。为了扳倒太子杨勇，获得生性多疑的隋文帝的好感，杨广不得不暂时舍弃华屋美妾、美食珍馐、绫罗华服，谦卑接纳百官，尤其要厚待文帝左右近臣，如杨素兄弟。后来尽管贵为太子，但面对晚年日益暴虐的文帝，杨广也只有更加谨慎小心，不敢有丝毫闪失。仁寿四年（604），隐忍多年的杨广终于如愿以偿，登基为帝。

即位时的隋炀帝已经 35 岁，多年的隐忍和低调并没有消磨其"壮志雄心"。杨广成为皇帝后，臣子才发现，大家并不了解这位昔日友善、低调的晋王。新皇帝变得极富"雄才大略"，并且听不得任何批评和建议。为了消除南北的交通和文化隔绝，实现中国的彻底统一并构建帝国安全的外部环境，一系列规模巨大的工程和军事计划已经在隋炀帝内心筹划良久，即位伊始便要迫不及待地施展激进的治国理念和雄伟抱负，并且要不计后果贯彻到底。

隋炀帝第一个想法就是离开充满阴郁记忆的宫殿和流言蜚语的长安（据说长安不利于隋炀帝的"木"命），营建东都洛阳。即使拥有了洛阳富丽堂皇的宫殿，杨广也不愿待在深宫之中，几乎年年出巡，曾三游扬州，两巡塞北，一游河右（征吐谷浑），三至涿郡（征高句丽）。平时则在长安、洛阳间频繁往返。事实上，中古时代的陆路交通非常落后，如此长途跋涉并非享受，并且深入强敌境内，也有极大的危险。隋炀帝修通了京杭大运河、创立了科举制度，足以奠定其历史地位，但是"三征高句丽"却导致了最终的失败。

大业十年（614），远征高句丽已经经历两次惨败的隋炀帝仍然不甘心，要不计后果地灭掉这个威胁边境安全的隐患。当年正月，隋炀帝下诏三征高句丽，群臣在朝堂不发一言，这是无言的抗议，也是无可奈何的随波逐流。

不久，隋炀帝从东都洛阳抵达怀远镇（今辽宁辽阳西北），沿途士兵逃亡不断，难以制止。七月，陷入困境的高句丽王高元向隋廷请降，隋炀帝见好就收，马上宣布三征高句丽的胜利。八月，隋炀帝从征讨高句丽的前沿阵地——怀远镇经东都洛阳回到长安，浩浩荡荡的皇帝车驾行进了3个多月。此时天下已经大乱，各地叛乱风起云涌。隋炀帝的回京之旅充满风险，胆大妄为的邯郸杨公卿竟然率众八千人尾随皇帝车驾，抄掠了炀帝的尚乘局，抢走了 42 匹皇帝御用厩马。

十月，己丑（二十五日），隋炀帝回到阔别 5 年的大兴城，望着宏丽且又萧索的宫殿，不禁感到冷清和凄楚。高句丽王狡猾无常，所谓请降不过是缓兵之计，仍然借故不来朝贡，使得炀帝颜面无光，恼羞成怒，萌生再征高句丽的想法。

十一月，丙申（二日），距离冬至的圜丘祭天大礼只有不到 10 天时间。隋炀帝为了发泄内心的愤恨，在大兴城的金光门外，令百官乱箭射死了叛逃高句丽的前兵部侍郎斛斯政，还残忍地烹煮其肉给百官吃。一些昔日和斛斯政共事的同僚，为了讨好隋炀帝，竟然争先恐后，吃了个大饱。隋炀帝在祭天大礼前夕组织的这次离奇、荒唐的"人肉大餐"，并不能为客死高句丽的成千上万的隋朝将士报仇雪恨，反而暴露了这位君主的残忍本性，使得隋帝国创造的一切文明和荣耀都黯然失色。

乙巳（十一日），到了一年一度的冬至。按照往年惯例，隋留守长安的相关部门已经准备好皇帝缺席的圜丘祭天大礼。隋文帝很重视礼法改革，在位期间热衷于争论各种礼仪的烦琐细节。隋炀帝即位后，对于烦琐礼制毫无谈论的兴趣和参与的耐心，更没有改革的欲望。除了按惯例改祖父武元皇帝杨忠配享为以亡父高祖文帝配，"其余并用旧礼"。但是这一年的圜丘祭天大典，隋炀帝为了庆祝出征高句丽的胜利，突然毫无预兆地提出要亲祭，令相关部门手足无措。

《隋书》卷六《礼仪一》载："冬至祀圜丘，（隋炀）帝不斋于次。诘朝，备法驾，至便行礼。是日大风，帝独献上帝，三公分献五帝。礼毕，御马疾驱而归。"关于隋炀帝参加这次冬至圜丘祭天大礼的记载极为简单，但是表明了隋炀帝对这场最高规格祭天大礼的轻视，以及对于上天和国家社稷的亵渎和怠慢。

在古人看来，祭祀是一件很严肃、神圣的活动，尤其是圜丘祭天，要与上天对话，不能不慎重对待，因此皇帝和祭祀官员在正式祭祀之前就开始准备，即所谓"斋戒"。斋戒要求皇帝和祭祀参与者必须在祭祀前的数天戒绝酒类饮料和荤腥食物，不与妻妾同寝，整洁身心，以示虔诚。

圜丘祭天前，皇帝的斋戒包括散斋和致斋，"散斋"

相对自由；"致斋"则比较正规，要求严格。皇帝和陪祀官员都需要在祭祀前七日开始，散斋四日，致斋三日。"皇帝散斋四日于别殿；致斋三日，其二日于太极殿，一日于行宫。"在致斋前一日到致斋之日，皇帝的斋戒礼节程序尤其严格，以至于烦琐。隋炀帝"不斋于次"就是没有按照规定的礼仪在祭祀前完成散斋和致斋，没有禁绝酒类、荤腥，或没有完成规定斋戒礼仪，这是一种大不敬的行为。

皇帝的出行不像一般人那样随便，出发的时间和仪仗队的规模都有严格、具体的规定。尤其在圆丘祭天大典中，对于皇帝和相关司职官员们更是有着严格的礼仪要求。皇帝的銮驾从皇宫出发，到达圜丘，需要遵守一套烦琐的礼节。

据《隋书》卷六《礼仪一》记载，在皇帝出宫的前三天，便有"本司宣摄内外，各供其职"，要求尚舍官给皇帝在圜丘以东面向南设好行官等。出宫前两天，"太乐令设官悬之乐于殿庭"，在銮驾出发之前捶鼓三次。隋代制度要求，"祭前一日，昼漏上水五刻，（皇帝）到祀所"。隋炀帝是在"诘朝"即清晨才从皇宫出发，到了圜丘肯定太晚，明显不符合当时礼制。

皇帝从皇宫出发前，"诸卫之属各督其队与钺戟，以次陈于殿庭。通事舍人引从祀群官各就朝堂前位。诸侍卫之官各服其器服。侍中、中书令以下，俱诣西阶奉迎。乘黄令进玉辂于太极殿西阶之前，南向。千牛将军一人执长刀立于辂前，北向。黄门侍郎一人在侍臣之前，赞者二人在黄门之前"。官员要站好位置，由侍中版奏"外办"，太仆卿负责皇帝衮冕，各司职人等再司职其事。对于皇帝的仪仗也有特殊要求，"皇帝乘苍辂，载玄冕，备大驾"。天子仪仗队的规模有大驾、小驾、法驾的说法，大驾在法驾、小驾之上。隋开皇中，规定大驾十二乘，法驾减半。隋炀帝在此次圜丘祭天中，没有按照要求使用"大驾"，而是使用级别最低的"法驾"，也不符合礼制要求。

皇帝到达祭祀场所后，要稍作停顿。等到天明时分，才换上祀天专用的衮冕，插上大圭，双手捧着镇圭，在太常卿司仪引导下进行祭拜。等皇帝和先行官员祭拜之后，其余官员才一起祭拜。一番文舞之后，皇帝、众官再行祭拜。圜丘祭天中，正式的祭祀环节包括奠玉帛和

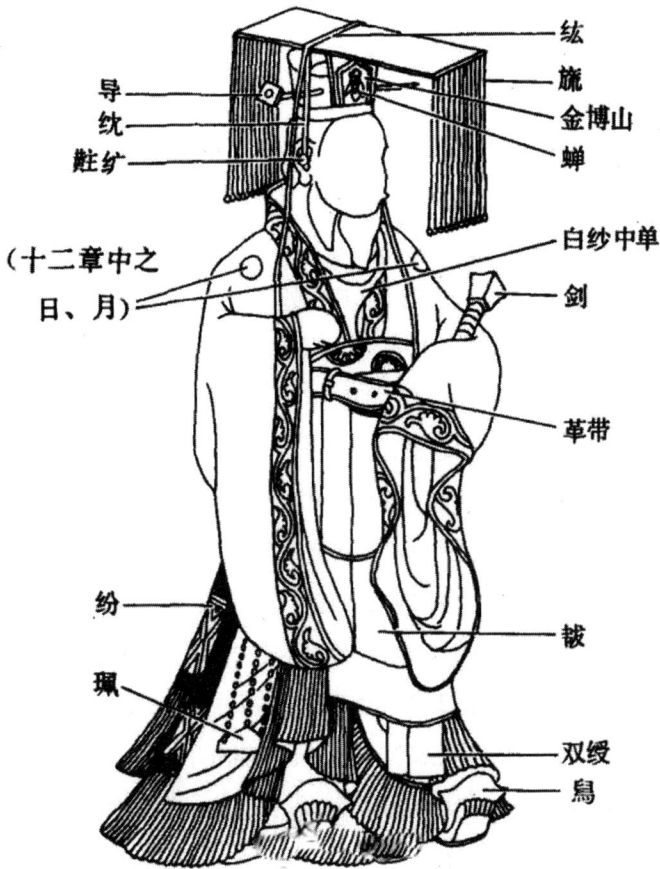

纮
旒
金博山
蝉
导
纴
黈纩
(十二章中之
日、月)
白纱中单
剑
革带
韨
纷
珮
双绶
舄

冕服隋文帝（据《历代帝王图》）衣冠各部位名称

进熟（向上天进献熟食）两个部分，此后才是祭拜的核心环节。隋炀帝天明才出发，到了圜丘直接举行祭拜大礼，这也不符合礼制的要求。

关于圜丘祭祀的主神，据《隋书》卷六《礼仪一》记载，隋代礼仪规定，"再岁冬至之日，祀昊天上帝于其上，以太祖武元皇帝配。五方上帝、日月、五星、内官四十二座、次官一百三十六座、外官一百一十一座、众星三百六十座，并皆从祀"。隋炀帝只祭祀昊天上帝，让三公祭祀武帝，也与有关礼制不合。如此重大的礼仪更动，应该是其临时起意。

皇帝圜丘祭天后的"銮驾回宫"也有一套固定的礼仪，进熟礼节即将结束时，皇帝要戴上通天冠，穿绛纱袍，祀官们也要穿上朝服准备回宫。擂鼓三通后，文武官员们才伴随皇帝銮驾还宫。銮驾还要在侍臣上马的地方稍停，待文武侍臣上马。继而，在鼓乐中如来时的礼节回还，诸方客使先还使馆，将士们才能离开，圜丘祭天大典彻底结束。隋炀帝撇下众臣和仪仗队，自己"御马疾驱而归"也很失礼。

隋炀帝在位时，四处巡视。他在京师时日总计不到一年，很不耐烦这些烦琐的祭祀之事。宏伟壮丽的大兴城关不住其野心，锦绣江山也满足不了其欲望，隋炀帝的理想就是不断巡行各地和军事扩张，完成各项规模不可想象的浩大工程，发动耗费巨大国力的战争。为了实现这些目标，隋炀帝不辞辛劳，长年巡游于帝国各地，甚至不惜以身犯险。对于朝臣的质疑和强烈反对，面对战争和巡游导致的民众生活悲哀和苦痛，隋炀帝都漠然视之。他对于一切根深蒂固的传统与世俗、礼仪和规则，更是淡然待之，不屑一顾。"正因为如此对繁文缛节的冷漠，他才能有充足的精力营东京，开运河，西巡北狩，做了许多国土开发史上有影响的大事"。①这种"无情"、不迁就任何传统体制的精神造就了他的辉煌，但也成为他覆亡的渊薮。隋炀帝是历史上仅有的"遗世独立"、一往无前的君主，洒脱、固执，又曲高和寡，晚景凄凉！

大业十年（614），隋王朝与高句丽耗时 3 年的战争最终结束，"高句丽的使者也来到长安，这次南郊的祭祀应当与

①胡戟：《中华文化通志》第五典《教化与礼仪典》卷四十七《礼仪志》，上海：上海人民出版社，2010年，第 200 页。

高句丽远征的结束密切关联。可见，炀帝的亲祭是根据
特定的目的而进行的"[1]。本来，以炀帝这次的亲祀为
契机，隋王朝可以拨乱反正，回到发展的正轨。但是，
隋炀帝参加的这次圜丘祭祀活动，仍然彰显了其"放荡
不羁"的个性，不按既定礼制行事，毫无章法，率性而发。

隋炀帝的这场祭祀似乎毫无诚意，被史家看成是其
覆亡的先兆。确实，这次祭祀是隋炀帝统治走向危机的
转折点。如果说前期的隋炀帝积极开拓，大展宏图，要
建立不世之功；此后却国事蜩螗，帝国逐渐分崩离析，
局势一发不可收拾。

---

① [日] 金子修一：《古代中国与皇帝祭祀》上海：复旦大学出版社，2017年，
第124页。

第三章

唐代前期皇帝与圜丘祭天

唐代前期继承了隋代的祭天制度，除武则天外，也继续以长安圜丘作为祭天的主要场所。唐代前期的统治者一方面重视圜丘祭天的礼仪制度，另一方面也重视利用圜丘祭天为其政治服务。李渊晋阳起兵，建唐后面临刘武周的严重威胁，不料秦王李世民迅速平定「三河」。唐高祖武德四年（621）亲祭，表明大唐政局趋于稳定。唐太宗3次圜丘亲祀昊天上帝与其玄武门之变后掌控政局、对外战争的胜利以及成功建储有关。唐高宗总章元年（668）亲祀昊天上帝是为了庆祝平定高句丽。武则天长安二年（702）于长安南郊的圜丘祭祀昊天上帝，预示着武周政权向李唐的过渡。另外，经过唐代帝王的尝试和努力，不断消弭自东晋以来祭天礼制的南北割裂和对抗，似乎实现了神界「一个天帝」，人间「一个神坛」的目标。

第一节
转危为安——唐高祖与圜丘祭天

唐高祖李渊是登上长安圜丘的第三位皇帝。仁寿元年（601）的隋文帝亲祭与大业十年（614）的隋炀帝亲祭，李渊或是旁观者，或因外任没有参与。未料到，之后的武德四年（621），成为唐开国皇帝的李渊居然登上长安城南的圜丘祭坛，告祭于昊天上帝：

隋帝不仁，故国祚易于唐；今克服关东，建唐一统。

李渊祖父李虎为西魏八柱国之一，家族乃世代贵胄。李渊生于北周天和元年（566），7岁就袭爵唐国公，史载："及长，倜傥豁达，任性真率、宽仁容众，无贵贱咸得其欢心。"[1]少年时代的李渊有勇力，箭法高超，史载："高祖少神勇……尝以十二人破草贼号无端儿数万。又龙门战，尽一房箭，中

[1] ［五代］刘昫等：《旧唐书》卷一《高祖》，北京：中华书局，1975年，第1—2页。

八十人"①。

　　隋朝建立后，李渊凭借贵族身份以及与杨坚的特殊关系（李渊是杨坚的外甥，杨广的表哥），受到隋王室重视和信任。李渊先以祖荫为千牛备身，后外转为谯、陇二州刺史。隋炀帝即位，相继任命李渊为岐州刺史，荥阳、楼烦二郡太守，后又征调他回长安任殿内少监；大业九年（613）炀帝又提升李渊为卫尉少卿。史称"（李渊）历试中外，素树恩德……众多款附"②。隋炀帝发动对高句丽的战争，李渊负责在怀远镇（今辽宁辽阳西北）督运军粮，发现杨玄感起兵迹象，马上报告隋炀帝，于是被任命为弘化郡留守，并节度关右诸郡兵，以防范杨玄感西进。大业末年，天下大乱，群雄崛起。大业十一年（615），隋炀帝任命李渊为山西、河东宣慰大使。唐国公李渊回到昔日"古唐国"，可谓龙归于海，这成为李渊人生的重要转折点。

　　李渊在太原奉命讨伐反隋义军，借机扩充自身实力。大业十三年（617），李渊治下马邑（今山西朔州）鹰扬府校尉

① ［唐］段成式：《酉阳杂俎》卷一，上海：上海古籍出版社，2012年，第1页。
② ［五代］刘昫等：《旧唐书》卷一《高祖》，北京：中华书局，1975年，第2页。

刘武周发动兵变，杀太守王仁恭，自称天子。农历三月，刘武周迅速攻破楼烦郡，进占汾阳宫，并与突厥勾结，图谋南下。隋炀帝闻讯大怒，要追究李渊责任。在这种背景下，李渊决心起兵。同年五月，李渊以勾结突厥的罪名，诛杀太原副留守王威和武牙郎将高君雅。两个月后，李渊以李元吉为太原太守，留守晋阳宫，自己率领3万精锐从晋阳起兵。半年后，李渊便攻占长安，称帝建唐。

唐王朝建立后，国内尚存在着大大小小的割据势力。当时隋失其"鹿"，群雄逐之，但究竟鹿死谁手，真的很难说。李渊称帝后，专心内政，保障后勤，足不出长安，运筹帷幄于太极宫中。为了统一中国，他采取了先固关中，东攻中原，再平江南的方略。

从武德元年到武德二年（618—619），李世民率唐军消灭了割据金城（今甘肃兰州）的薛举、薛仁杲父子，又俘虏了占据凉州（今甘肃武威）的李轨。唐军尽有河西之地，稳固了西北地区，形势至此一片大好。不料祸起萧墙，河东却出现危机。

武德二年（619），刘武周联合突厥，相继攻陷晋阳（今山西太原）、晋州（今山西临汾）、绛州（今山西新绛），与固守不降的蒲坂（今山西永济北）隋将王行本联合，威胁关中。镇守河东的裴寂、李元吉仓皇逃往长安，作为唐龙兴之地的河东大部已经沦陷。此时的李渊惊慌失措，认为"贼势如此，难与争锋，宜弃大河以东，谨守关西而已"[①]。如果真的放弃河东，刘武周将可能翻版李渊"晋阳起兵"，渡河入关，威胁长安。加之，唐军以3万河东军作为基础，乡梓沦陷将动摇军心。形势危急，李渊不得不启用因"功高盖主"受到猜忌，并被削夺兵权的李世民，出兵征讨刘武周。

武德三年（620）十月二十日，唐高祖李渊亲自到冯翊，在长春宫（今陕西大荔县朝邑镇）为李世民送行。

刘武周伙同强大的突厥势力，占据河东，威胁关中，使新生的唐政权面临生死存亡的考验。唐高祖送李世民出兵河东后，并没有马上返回长安。在武德二年（620）底到武德三年（621）初，李渊两次往返于长安与华山之间"游猎"，并于武德二年（620）十月和次年四月两次祭祀华山。为什么在政治局势如

① ［北宋］司马光：《资治通鉴》卷一百八十七《唐高祖武德二年》，北京：中华书局，1976年，第5979页。

此危急的时候，李渊还要两次亲自祭祀华山？这一举动极不寻常，祭祀华山一定蕴含着深刻的政治内涵！

古人崇拜"天"，高山因与天相接，于是被视为有形的"天"而受到崇拜，五岳崇拜由此产生。古代帝王以"天子"自居，为标示其统治的合法性，历代王朝均崇奉山神并尊祀五岳。长安之东的华山作为"西岳"，临近潼关，以险要的山势成为护卫长安的屏障。华山又与黄河临近，古人将其看作是天造地设、神灵妙造的保护长安的天然城池。华山一直受到历代王朝，尤其是关中建都王朝的重视，并定时祭祀，甚至有时由帝王亲自主持，暗含着维护社稷安全的政治目的。

唐政权建立之初，就继承了过去王朝对华山的崇拜，将五岳祭祀作为中祀，原则上皇帝亲自参加，但一般均"有司摄事"。尽管唐高祖祭祀华山的具体情况史料缺载，但可以推测其在李世民率唐军与刘武周激战，局势危急时内心不安，两次亲祭华山，希望得到上天的庇护，保护关中与长安的安全，使李唐政权可以转危为安。

未曾料想，与李世民参加的大多战斗一样，此次出兵河东依然顺利，唐军渡过黄河后屯军柏壁（今山西新绛西南），先是长久对峙，消耗、懈怠敌军，然后切断了汾水东侧的宋金刚部粮道。刘武周见军心动摇，开始撤退。李世民先让精锐骑兵突击，然后令步兵掩进，一举大败宋金刚部。李世民率军疾行二百里，前后数十战，八败宋金刚军。刘武周率领余部逃往突厥，河东马邑以南（以北属于突厥势力范围）全部收复。唐高祖获知李世民大胜的消息，大喜过望，"壬戌，宴群臣，赐缯帛，使自入御府，尽力取之"①。当时，唐军四处征战，物资供应紧张，此时竟如此大方，可见已然处于绝望之中的唐高祖对于河东之战获胜的意外与惊喜。

武德三年（620）五月，李世民从河东班师凯旋，回到长安。七月，李世民率领诸军再次出发，征讨盘踞洛阳的王世充。前一年，王世充已经废隋帝杨侗，自立称帝，国号郑，年号开明。当时洛阳城内粮食匮乏，文臣武将和军民为了生存，多有逃散，难以遏制，王世充采取"连坐"之法，试图遏制臣僚军将的逃亡，结果，官廷成为"监狱"，人心更加涣散。李世民率唐军刚进入河南，洛阳周边的州县就纷纷投

① ［北宋］司马光：《资治通鉴》卷一百八十七《唐高祖武德二年》，北京：中华书局，1976年，5994页。

降附唐，于是洛阳变成一座孤城。王世充不得不向昔日宿敌窦建德求援，窦建德权衡利弊后答应救援。

武德四年（621），被断粮道的王世充不敢出战，据洛阳城固守，期盼夏国王窦建德的救援。二月，窦建德率主力10余万，号称30万大军聚于荥阳。三月，李世民一边继续加强对洛阳的围困，一边亲自率军至虎牢与窦建德军对峙。唐军的轻装骑兵袭击窦建德粮队，并俘获众多。窦建德孤军远伐，士气不振，进退两难。后来窦建德又拒绝了凌敬提出的乘虚进军河东，北上"围魏救赵"以解除唐军对洛阳王世充的围困的建议，而是在犹豫中决定与唐军决战。五月，窦建德与唐军隔汜水列阵，秦王派遣骑兵数次挑战，双方鏖战四五次，窦建德军渐渐不支，开始后退。唐军冲进敌阵，窦建德大败，被擒。窦建德出兵救援王世充是为了防止唐军控制河南，本欲在"鹬蚌相争"中得利，未曾料到竟然一战被擒，一世英名毁于一旦。

当年仅22岁的李世民问48岁的窦建德："我讨伐王世充，与汝何干？为何越我边境，与我争锋？"窦建德言道："今天不自己来，将来还要劳烦您出兵。"无奈中透着造化弄人的自我嘲讽。

五月十一日，彻底绝望的王世充统领文武官员到李世民军营门前投降，东都洛阳归唐所有。七月，李世民身披黄金甲，凯旋至长安，将王世充、窦建德献于太庙。窦建德在长安被斩首，时年49岁，从起事到灭亡共6年。王世充被赦免，后为定州刺史独孤修德所刺杀。李世民一战而擒两王，收复东都洛阳，使其他地方割据势力慑于唐军的威势，纷纷称臣，唐王朝统一中原的战争已经完成，和平似乎指日可待。

一年之前，几乎占据河东全境的定杨国皇帝刘武周派大将宋金刚南下，兵锋直指关中。唐高祖惶恐中两登华山祷告，祈求上天可以保佑关中一隅。未曾料到，一年之后，不仅所谓定杨国灰飞烟灭，皇帝刘武周逃亡漠北，而且李世民迅速收复洛阳，生擒郑国皇帝王世充、夏国国王窦建德。统一来得太突然，令人始料未及。其中，秦王李世民在唐初统一战争中功勋卓著，破薛举、薛仁杲父子，收复陇西；击败宋金刚、刘武周，收复并、汾；虎牢之战又一举歼灭王世充和窦建德两大割据势力。秦王李世民功无可封，被唐高祖封为天策上将，位在"三公"之上。

武德四年（621），唐高祖"以天下略定，大赦"。十一月冬至，唐高祖终于心安理得、名正言顺地成为君临天下的"天子"，而不是割据一方的地方势力。他沿着隋文帝、隋炀帝的足迹，缓步登上圜丘祭坛，举行亲祭昊天上帝大典。

由于帝国初建，唐祭祀礼仪制度只是继承自隋代，即《旧唐书》卷二十一《礼仪一》所载"神尧受禅，未遑制作，郊庙宴享，悉用隋代旧仪"。又由于隋末战争对经济的严重破坏，以及唐王朝建国后的连年征战，导致国家经济凋敝，物资短缺，尽管此次祭天使用了"太牢"，但在规模上应该受到了影响，《全唐文》卷一《减用牲牢诏》载："国初草创，日不暇给，凡厥礼仪，鲜能尽备……其祭圜丘方泽宗庙以外，并可止用少牢（羊、豕各一者，叫作"少牢"，比"太牢"少一牛）。"

实际上，战争的阴云仍未散去，由于李唐对窦建德、王世充余部处理不当，如大赦后，唐高祖仍然流放了窦王余部的部分人；窦建德旧部因拒绝上缴财物，受到唐军的追究和鞭挞；窦建德、王世充余部高级将领也未得

玄武门

北

大明宫

光华门　景耀门　芳林门　西内苑

开远门

太极宫

通化门

皇　城

兴庆宫

春明门

金光门

唐　长　安　城

延兴门

延平门

安化门　明德门　启夏门

曲江池

●圜丘

0　　　　　　　2公里

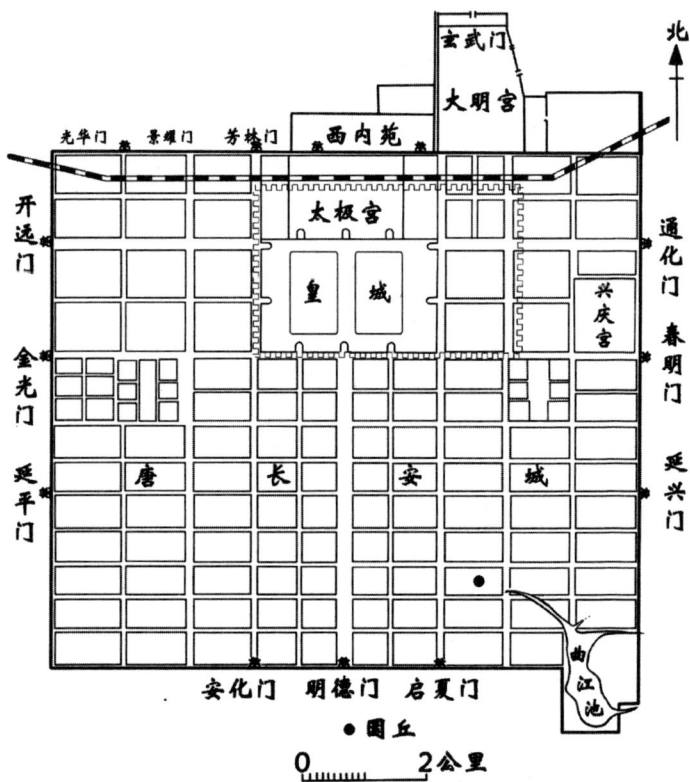

圜丘在唐长安城的位置示意图

到唐廷的妥善安置，流落民间，导致其对现实极为不满；秦王李世民被调离河南、河北地区，唐廷对这一广大地区分而治之，无法形成统一的策略和有力的军事威慑。在这种背景下，刘黑闼（汉东王）、徐圆朗（兖州总管）、高开道（蔚州总管）相继起兵，河南、河北再次遭到战火的蹂躏。战争一直持续到武德七年（624），以刘黑闼被擒杀，高开道和徐圆朗相继兵败而结束。至此，除受突厥卵翼、占据朔方的梁师都外，唐统一了中国。

武德七年（624），旷日持久的统一战争结束，唐高祖得以确立唐代的祭天制度。该年四月，唐高祖李渊颁布《武德令》，规定每年冬至在圜丘（长安明德门外道东二里，即隋大兴城圜丘）祭祀昊天上帝，正月上辛日南郊祭祀感生帝，孟夏之月雩祀昊天上帝于圜丘，季秋祀五方上帝于明堂。对此前多个朝代隔年举行的祭祀，唐代规定每年举行，致使郊天的次数成倍增加。由于南郊祭坛和明堂都缺失，因此始建于隋文帝的大兴城（唐长安城）圜丘再次成为唐王朝最重要的祭祀礼仪建筑。

唐高祖统治时期（618—626），国家绝大多数时间都处于统一战争中。唐高祖用短短 7 年时间便基本扫平天下（不计偏居朔方的梁师都政权，否则便再加4年），统一天下之速，为历代王朝之翘楚。虽然唐高祖一直镇守关中，但为统一战争做出了巨大贡献，包括：

其一，李渊在关中后方做了大量政治、经济和后勤等基础性工作，为持续的战争提供了后方物资和兵力资源；另外，通过华山、圜丘等祭祀稳定了人心，巩固了统治。

其二，从武德二年（619）开始，唐高祖在关中严格贯彻、实施均田制，实现了"耕者有其田"，并在武德七年（624）正式颁布"租庸调法"以及相关经济政策，为结束统一战争提供了强有力的制度保障。

其三，唐高祖为了稳住突厥，在统一战争期间采取了一系列外交策略。为了避免唐军两线作战，为统一战争创造良好的外部环境，唐高祖委曲求全，赠送了突厥大量的金帛财物；纵容突厥扶植下的割据势力，如梁师都、刘武周和高开道等；在政治上不断妥协，甚至向突厥称臣纳贡。但是，在当时战争环境下，这些暂时的妥协是必要的，不但不是个人的耻辱，反而表明其是一个成熟的政治家。

唐高祖唯一一次圜丘亲祭昊天上帝，是在统一战争基本结束后进行的，标志着唐王朝统治的稳固。然而，统一中国的战争结束后，王朝内部争夺权力的"战争"却刚刚开始。唐高祖李渊与秦王李世民之间，李世民与太子李建成、齐王李元吉之间以及上述政治势力愈演愈烈的斗争所造成的文臣武将的分裂，形成唐代政治势力之间严重的政治对立。在这种错综复杂的矛盾和冲突中，武德九年（626），秦王李世民发动"玄武门之变"，杀死李建成和李元吉，逼迫唐高祖退位，唐王朝进入一个新时代。

第二节
帝基初固——唐太宗与圜丘祭天

李世民是"晋阳起兵"的策划、推动和实施者之一，在进军长安过程中功勋卓著。李唐草创后，秦王李世民先后平定薛仁杲、刘武周、窦建德、王世充等割据势力，为唐王朝的统一立下了赫赫战功。随着政治、军事实力的不断增强，秦王李世民与唐高祖李渊、太子李建成和齐王李元吉的矛盾激化。

武德九年（626），秦王李世民发动"玄武门之变"，杀李建成、李元吉，逼唐高祖李渊退位，史称唐太宗。李世民执政前期，不断反思隋亡教训，并引以为戒；知人善任，聚集了一批贤臣良将，如魏徵、房玄龄、杜如晦、长孙无忌、李靖、尉迟敬德等；改变隋朝紧张的君臣关系，虚心纳谏，听取臣下意见；加强对官员的监察，整顿吏治；克制君主过分欲望，勤俭节约；励精图治，兢兢业业，对政事不敢懈怠；劝课农桑，使民休养生息……正是由于上述努力，唐太宗开创了"贞观之治"。

唐太宗还攻灭东突厥与薛延陀，征服高昌、龟兹、吐谷浑，重创高句丽，同时奉行怀柔、开明的民族政策，被各族尊为"天可汗"，为唐王朝之后的百年繁荣奠定基础。

唐太宗即位后，大兴文治，令魏徵、房玄龄等人修订《贞观礼·吉礼》，其中关于圜丘祭天规定："冬至祀昊天上帝于圜丘，正月辛日祀感生帝灵威仰于南郊以祈谷，而孟夏雩于南郊，季秋大享于明堂，皆祀五天帝。"[1]贞观圜丘祭天仍采用郑玄学说，丘坛、郊坛分明，两者分祭，进一步明确了冬至在圜丘祭祀昊天上帝，正月上辛之日祭祀感生帝时进行祈谷之礼，孟夏之时在郊坛向天祈祷风调雨顺，季秋时则在明堂祭天，上述祭天兼祭太微五天帝。尽管《贞观礼》以郑玄学说为基础，但唐太宗并没有亲祭过感生帝，说明昊天上帝地位在感生帝之上。

唐太宗分别于贞观二年（628）、五年（631）、十四

[1] [北宋]欧阳修，宋祁等：《新唐书》卷十三《礼乐三》，北京：中华书局，1975年，第334-335页。

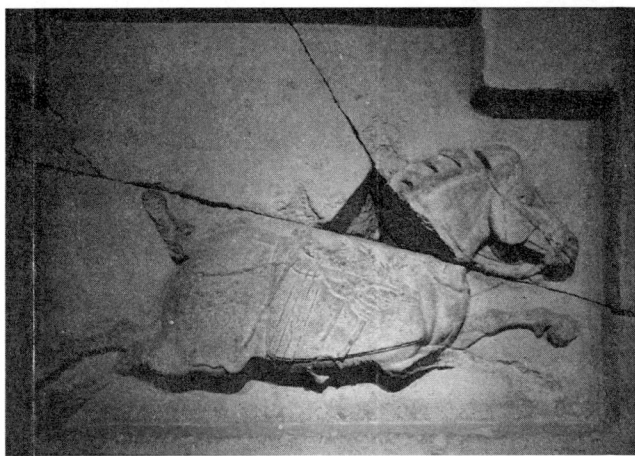

昭陵六骏之飒露紫、什伐赤

年（640）、十七年（643）的十月冬至4次登临长安圜丘，亲祭昊天上帝，是唐代前期圜丘亲祭次数较多的帝王之一。在"有司摄事"已经成为唐代祭祀主流的情况下，唐太宗的4次圜丘亲祭并非临时起意的偶然事件，而是代表了其统治的重要"节点"，有深刻的政治内涵。

武德四年（621），唐高祖为了表彰秦王李世民消灭王世充、窦建德两大割据势力的"不世之功"，为其独创"天策上将"的封号，位在亲王、三公之上。"功高盖主"的李世民并未韬光养晦，而是在长安设立文学馆，招徕"秦府十八学士"作为"顾问"，引起唐高祖猜忌。

武德五年（622），唐高祖对宰相裴寂说："此儿（李世民）典兵既久，在外专制，为读书汉所教，非复我昔日子也。"[1]此后唐高祖对李世民权力加以限制，罢其军权。太子李建成、齐王李元吉一党清楚李世民不会甘作"人臣"，而李世民自以为开创了李唐基业，兄弟间猜忌日深。朝臣也因此产生分裂，

① ［五代］刘昫等：《旧唐书》卷六十四《隐太子建成传》，北京：中华书局，1975年，第2415页。

宰相裴寂、谋士王珪与魏徵、东宫军将薛万彻等追随李建成、李元吉；宰相陈叔达、朝臣长孙无忌等则奥援李世民。两派互相倾轧，势同水火。

武德九年（626）夏，突厥数万大军侵犯唐王朝边境，李建成向唐高祖建议，由李元吉统率李艺、尉迟敬德、程知节、秦叔宝等各路军马出征突厥，试图借此削弱秦王府势力，并趁机除掉李世民。李世民事先已经获知对方阴谋，遂决定先发制人，揭发李建成、李元吉"淫乱"后宫的"罪行"。

武德九年（626）六月四日，李世民在长安城宫城北门——玄武门设置伏兵（守将常何等已被收买），射杀了被唐高祖紧急召见，准备上朝的李建成、李元吉，史称"玄武门之变"。事后，迫于无奈的唐高祖向秦王李世民让出军政大权。七月五日，李世民被立为皇太子，唐高祖下诏："自今以后军国事务，无论大小悉数委任太子处决，然后奏闻皇帝。"同年八月，李渊退位称"太上皇"，禅位于李世民。即位后，唐太宗并没有马上到圜丘亲祭昊天上帝，而是遣兼太尉司空裴寂到南郊，举行柴燎之礼，祭告上天。

贞观二年（628），唐太宗圜丘亲祭，标志着新政权的平稳过渡和巩固。事实上，李世民通过"军事政变"取得政权后，政治形势极为复杂，很多问题需要解决：

平定叛乱。前太子李建成、齐王李元吉在京城有大量精兵良将，地方上也有支持势力，唐太宗虽然对这些人员进行了赦免，但仍有反叛事件出现。玄武门之变后不久，唐高祖从兄、幽州大都督庐江王李瑗拥众反叛，很快被平定。贞观元年（627）正月，与前太子李建成勾结的燕郡王李艺在泾州反叛，被部下所杀。利州都督义安王李孝常、右武卫将军刘德裕，企图策动宿卫兵作乱。这些叛乱都被李世民迅速平定，并未造成太大的政治影响。

稳定受前太子李建成影响的山东、河北地区。李建成在平定刘黑闼第二次起兵时，得到当地世家大族的拥护，后又有太子党羽出逃到这些地区，对李世民政权构成威胁。为了稳定山东、河北，唐太宗派大将屈突通为陕东道行台左仆射，"驰镇洛阳"，防止可能的叛乱。接着又派原李建成旧部魏徵宣慰山东，释放逃往河北的李建成旧部，彻底消除逃亡者疑虑。贞观元年（627）九月，青州发生叛乱，唐太宗采用安抚策略予以平息。整个唐太宗统治时期，山东、河北再无叛乱发生，地方基本实现政治稳定。

调整最高决策集团。作为李渊亲信，曾参与晋阳起兵的裴寂是李建成的坚定拥护者。贞观元年（627），"食封"裴寂一千五百户，但剥夺其参与政事的权力。同年，罢免了陈叔达、萧瑀的相权，房玄龄、杜如晦、李靖等李世民亲信进入最高决策集团。

在玄武门之变发生一年后，29岁的唐太宗李世民以其超群的政治智慧，安抚了李建成、李元吉旧部残余势力，稳定了山东、河北的政治局势，组建了自己的最高决策集团，将王朝的权力牢牢控制。至此，唐太宗登上长安圜丘祭坛，以一个胜利者的姿态向昊天上帝祷告，宣布了其君临天下的雄心壮志。

早在大业十一年（615）八月，隋炀帝巡狩北塞，突厥始毕可汗率领10万骑兵突然南下，围困隋炀帝于雁门。自此，隋王朝失去了对突厥的控制。隋末，突厥扶持雁门刘武周、朔方梁师都等，薛举、窦建德、李轨、高开道、王世充等也先后称臣于突厥。李渊晋阳起兵，为了保障后方安全，也与突厥结盟。[①]唐王朝建立后，突厥多次伙同刘武周、梁师都等南下，干扰唐王朝的统一战争。

武德七年（624），突厥大举进攻并州，威胁长安。有大臣建议焚毁长安，迁都樊邓（今湖北襄樊和河南邓县一带）以躲避突厥进攻，唐高祖等深以为然，因李世民的反对而作罢。

武德九年（626），李世民刚刚即位，颉利可汗就率兵20万直抵长安城外的渭水便桥之北，距长安城仅四十里，京师震动。太宗许以金帛财物，与突厥结盟后，突厥兵乃退。贞观三年（629）冬，唐太宗进行了充分准备，开始对突厥主动反击，命兵部尚书李靖率领李勣、柴绍、薛万彻，各统兵10万，分道出击突厥。贞观四年（630）正月，李靖出奇制胜，在定襄（今内蒙古清水河县）大败突厥，颉利可汗逃窜，降其部众5万余人。三月，唐军又督兵疾进，大破突厥，颉利可汗西逃吐谷浑，途中被俘。突厥投降后，唐太宗君臣对于突厥降众的处置问题进行了讨论，最后约有

① 陈寅恪：《论唐高祖及李世民称臣突厥事》，《岭南学报》1951年第2期。

10万户突厥人迁入中原，其中1万户定居长安，另外的则安置于内地的肥沃农耕地带。唐军仅用半年时间，就平定了昔日不可一世的突厥，并成功对其人民进行了安置。同年五月，唐太宗在两仪殿设宴款待归顺的突利可汗，席间作诗称"绝域降附天下平"[1]。

贞观五年（631），唐太宗取得了对突厥战争的胜利，解决了长期以来突厥的强大威胁，于是在该年冬至圜丘亲祭，向昊天上帝"汇报"这一伟绩。

平定突厥之后，唐太宗开始经营西域，先后多次用兵。贞观八年（634），吐谷浑寇边，威胁河西走廊，唐太宗派大将李靖、侯君集、王道宗等多路出击。次年，吐谷浑伏允可汗逃入沙漠，为国人所杀。伏允子慕容顺被立为可汗，投降唐王朝。贞观十三年（639），唐太宗以高昌王麹文泰阻断西域各国朝贡为由，命侯君集、薛万彻等率兵讨伐高昌。次年，麹文泰惊惧发病而死，其子麹智盛继位。在唐军强大的围城攻势下，麹智盛被迫投降唐军。唐太宗在高昌交河城（今新疆吐鲁番西）置安西都护府，将其划入唐帝国的

[1]［唐］李世民：《两仪殿赋柏梁体》，《全唐诗》卷一，北京：中华书局，1960年，第20页。

版图。贞观十四年（640）十一月冬至，为了宣扬平定突厥和西域的盖世"武功"，唐太宗再次登临圜丘，亲自祭祀昊天上帝。

贞观十七年（643）冬至，唐太宗第三次圜丘亲祀昊天上帝，则与当时的皇嗣之争有关。唐太宗颇具雄才大略，文治武功卓越，还能团结群臣，人尽其用，开创"贞观之治"，堪称"帝王楷模"。但是，近乎完美的唐太宗也有人生的"败笔"，也遭遇到隋文帝、唐高祖为之头疼不已的"诸子之争"、废立储君问题。

唐太宗长子生于承乾殿，取名"承乾"，有总领乾坤之意，隐含承继皇业之意，8 岁即受封为皇太子。然而事与愿违，成年后的李承乾喜好声色，行为乖张，如推崇突厥尚武风气，喜欢突厥语言、服饰和音乐，经常住在帐篷里，装扮成突厥部落，排兵布阵。不可思议的是，李承乾还装扮成突厥可汗，假装死去，令左右围其恸哭并送葬。太子李承乾还有足疾，怕因为自己是一个"瘸子"而被废。

李承乾不检讨自己的过失，反而嫉恨受太宗喜爱的魏王李泰。唐太宗第四子李泰擅长诗文，爱好经籍、舆地之学，唐太宗令其设置"文学馆"（唐太宗就曾以"文学馆"招揽文臣谋士），这种"暗示"无疑加剧了李承乾被废的忧虑。于是，李承乾及其党羽为了维持其太子地位，密谋发动第二次"玄武门之变"，谋杀魏王李泰，胁迫唐太宗退位。

贞观十七年（643），太子李承乾阴谋败露，被废为庶人，流放黔州。魏王李泰自以为获得唐太宗垂青，利用其功臣子弟组成的党羽四处活动，制造舆论。甚至，魏王李泰向唐太宗声明，假如自己即位，百年后将"杀子传弟（李治）"。然而，太宗重臣长孙无忌却大力支持以"仁孝"著称的九子李治。魏王李泰聪明反被聪明误，高调为自己造势反而弄巧成拙，身陷"党争泥潭"而不醒悟。唐太宗思量当年兄弟反目成仇的往事，为了避免喋血玄武门的惨剧重演，最终立身体羸弱但"仁孝"的晋王李治为太子，魏王李泰与帝位失之交臂。

贞观十七年（643）冬至，唐太宗在南郊圜丘亲祭昊天上帝，是以太子李承乾的废黜和晋王李治被立为太子为契机举行的，半年前刚被立为皇太子的李治作为"亚献"也参列其中，登上了政治舞台，唐太宗此举的目的就在于巩固新皇太子的地位。①

唐太宗 4 次圜丘亲祭昊天上帝，具有特定的政治目的和意义。贞观二年（628）的圜丘亲祀是为了宣誓玄武门之变后对中央与地方政局的完全控制。贞观五年（631）与十四年（640）的圜丘亲祀是对突厥、吐谷浑和高昌等战争取得辉煌胜利后的"庆贺"；十七年（643）的圜丘亲祀则是在废黜前太子李承乾，罢黜魏王李泰后，为巩固新太子李治的地位而有意为之。

---

① ［日］金子修一：《古代中国与皇帝祭祀》，上海：复旦大学出版社，2017 年，第 173-179 页。

第三节
征辽功成——唐高宗与圜丘祭天

　　贞观二十三年（649），唐太宗去世，太子李治即位，是为唐高宗。唐高宗李治是唐王朝的第三位帝王，统治唐王朝长达 34 年。由于处于英明雄主唐太宗李世民与中国唯一女皇武则天之间，其文治武功黯然失色。给人的一般印象是"唐高宗病病歪歪"又"惧内"，受到武则天的挟制。其实，实情未必如此。其在不算太短的统治期，于永徽二年（651）、总章元年（668）亲临南郊圜丘，举行祭天大礼。

　　高宗执政初期，重用太宗旧臣李勣、长孙无忌、褚遂良等。君臣上下萧规曹随，依照太宗时法令行事，颇有贞观之治遗风，被称为"永徽之治"。

　　永徽二年（651）十一月冬至，高宗至圜丘亲祭昊天上帝，表明了政权的顺利交接，标志着"高宗时代"

的到来。

　　然而，身体一向羸弱的高宗政治上并不软弱，不甘心做一个任人摆布的守成者。永徽六年（655），以废王皇后、新立武则天为导火索，君臣之间原有的表面和谐彻底破裂。反对武则天为后的太宗旧臣褚遂良、长孙无忌等相继被贬杀，众多老臣受到株连。从此，高宗开始政由己出，独断乾纲，改变了太宗所确立的一系列制度。

　　唐高宗显庆二年（657），礼部尚书许敬宗等极力驳斥郑玄的"六天说"，认为："六天出于纬书，而南郊、圆丘一也，（郑）玄以为二物；郊及明堂本以祭天，而玄皆以为祭太微五帝。《传》曰：'凡祀，启蛰而郊，郊而后耕。'故'郊祀后稷，以祈农事'。而（郑）玄谓周祭感生帝灵威仰，配以后稷，因而祈谷。皆缪论也。"此后，郑玄学说遭到了废弃，在进行祈谷、雩礼、明堂大享时都要祭祀昊天上帝，而不再祭祀五帝。到了乾封元年（666），高宗又下诏"祈谷复祀感帝"。次年，又诏"明堂兼祀昊天上帝及五帝"[1]。祭天礼制多有反复，如同这一时期诡谲多变的政治。

① [北宋] 欧阳修，宋祁等：《新唐书》卷十三《礼乐三》，北京：中华书局，1975 年，第 335 页。

总章元年（668）十二月十七日，唐高宗第二次圜丘亲祭昊天上帝。这一天并非冬至日，皇帝在非冬至日圜丘亲祭在唐代历史上是极为罕见的现象，显示了高宗此次圜丘亲祭非同寻常的政治目的，实际上是为庆祝两个月前平定高句丽而举行。

一般认为，古代高句丽及百济的王室由扶余人构成，而高句丽下层则包括了当时位于今中国东北的多个部族实体，与韩半岛南部的三韩部落有根本差异，因此，"高句丽是中国东北古代民族建立的王国，与位于现在韩半岛上的王氏高丽（建立于918年）是两个除了名称相似，在主体民族等各方面都有着重大区别的国家"①。隋唐之前，强大的高句丽王朝就不断扩张，占据了今中国东北的大部分，其国土包括今辽宁大部分、吉林南部和朝鲜半岛北部。②军力强大的高句丽不仅控制了中国辽河以西的广大地区，而且可能趁中原内乱，与强大的突

①边众：《试论高句丽历史研究的几个问题》，《光明日报》2003年6月24日，第3版。
②高句丽在向西扩张时，其北疆由北周时期"北邻靺鞨千余里"（［唐］令狐德棻：《周书》卷四十九《高句丽》，北京：中华书局，1971年，第884页）到隋唐之际"北至靺鞨"（［五代］刘昫《旧唐书》卷一百九十九上《高句丽》，北京：中华书局，1975年，第5319页）。高句丽北疆近千余里的扩张，原因在于对靺鞨诸部的征服。

厥连兵南下，逐鹿中原，并可能威胁到中原王朝的东北边疆安全，因此成为隋唐帝国的"腹心之患"。

隋开皇十八年（598），高句丽王高元率靺鞨万余骑兵进攻辽西。隋文帝命汉王杨谅等率 30 万大军，分水陆两路进攻高句丽。由于粮草不济、疫病流行，隋军未与高句丽接战，就被迫撤军，死者十之八九。高句丽派使者前来谢罪，上表称"辽东粪土臣元"，于是隋文帝罢兵。隋文帝首征高句丽惨败，似乎是一种不祥的征兆。

大业八年（612）正月，隋炀帝以"高句丽本为箕子（商纣王叔父）所封之地，今又不遵臣礼"为理由，倾国之兵聚于涿郡（今河北涿州），共计 113.38 万人，号称 200 万，由隋炀帝亲自指挥，分十二路向平壤进发，结果隋炀帝被阻于辽东城（今辽宁辽阳老城东北隅），九路大军 30 万人几乎全军覆没。第二年，隋炀帝从洛阳出发，再次亲征高句丽。杨玄感在黎阳（今河南浚县东北）起兵反隋，进攻洛阳，威胁长安。隋炀帝听闻杨玄感起兵，被迫撤军，高句丽乘势追击，隋军略有伤亡。

大业十年（614），隋炀帝不顾国内危机，第三次亲征高句丽。在平壤附近，隋水军大败高句丽军队。高句丽王大为恐惧，遣使请降。隋炀帝不顾一些将领的反对，无心再战，班师回朝。隋炀帝继续文帝未竟的事业，三次征高句丽均以失败告终，损失惨重，导致国内烽烟四起，成为隋王朝灭亡的重要原因。

贞观十九年（645），唐太宗以高句丽欺压新罗为由，命刑部尚书张亮为平壤道行军大总管，率军从洛阳出发，征讨高句丽。唐军渡过辽水，在安市城（今辽宁鞍山及海城周边）遭遇高句丽军的顽强阻击。唐太宗被迫班师，数万将士殒命沙场。

贞观二十一年（647），唐太宗派牛秀为青丘道行军大总管，率军三千，与营州都督一起从陆路对高句丽进行不间断攻扰，"使其民不得耕种"。次年，唐太宗了解到攻扰战术奏效，高句丽经济"困弊"，于是准备翌年率30万大军一举消灭高句丽。同时，唐太宗命四川等地伐木造船，以备征高句丽之用，结果造成山民暴乱，最后动用数万大军才将叛乱镇压。第二年唐太宗就病死了，远征高句丽的计划暂时搁置。

隋炀帝骄矜不智，三征高句丽而亡国。唐太宗李世民一代雄主，满腹文韬武略，经历战争无数，也积极进攻高句丽，可见征伐高句丽并非只是帝王"好大喜功"。早在贞观十九年（645），唐太宗李世民在出征高句丽前夕，就曾对大臣们说过一席令人深思的话："今天下大定，唯辽东未宾，后嗣因士马盛强，谋臣导以征讨，丧乱方始，朕故自取之，不遗后世忧也。"[①]然而，作为"常胜将军"的李世民尚且"折戟沉沙"，更遑论一般未谙军旅之帝王，亦可见高句丽之必取。

永徽六年（655），高句丽与百济、靺鞨连兵，侵犯新罗北部。新罗派人向唐王朝求救，唐高宗派遣程名振、苏定方等发兵进攻高句丽，杀获千余人，焚其外郭及村落而还。乾封元年（666），高句丽内乱。唐高宗认为机不可失，以李勣为辽东道行军大总管，统率契苾何力、庞同善和薛仁贵等各路军马，分道合击高句丽。总章元年（668），各路唐军推进至鸭绿栅，高句丽各城守军或逃或降。唐军进至平壤城下，相持月余，攻克平壤，高句丽王高藏被俘。高句丽全境皆平，唐军胜利而归。唐王朝在平壤设置安东都护府，

① ［北宋］欧阳修，宋祁等：《新唐书》卷二百二十《东夷》，北京：中华书局，1975 年，第 6190 页。

统辖高句丽全境。

此次出兵高句丽，高宗君臣有很大的信心，因此总章元年（668）八月，唐高宗就从东都洛阳回到京师长安。

为了庆祝对高句丽战争的胜利，唐高宗将高句丽王高藏献昭陵，以告慰太宗的在天之灵。为了庆祝辽东道行军总管李勣平定高句丽，十二月十七日（并非冬至日）在圜丘专门为凯旋举行临时性的祭天活动（称为"告祭"）。

唐高宗沿着隋文帝、隋炀帝、唐太宗曾经走过的圜丘陛道，怀着无限荣耀缓缓拾级而上，与前面这些帝王不同的是，唐高宗是作为一名胜利者而向昊天上帝"告平高丽"[①]的。平定高句丽的主将——辽东道行军大总管李勣担任此次圜丘祭天的"亚献"，唐高宗以此来表彰其卓越功勋。

隋唐 4 代帝王前仆后继，历时 70 余年，对高句丽先后出兵 10 余次，令将近百万将士在鸭绿江两岸殒命，隋炀帝甚至付出亡国的代价。最终，雄踞东北亚的高句丽归为唐土。

① ［北宋］司马光：《资治通鉴》卷二百一《高宗总章元年》，北京：中华书局，1976 年，第 6471 页。

第四节
女主临朝——武则天与圜丘祭天

　　武则天是中国历史上唯一的女皇帝，也是一位杰出的政治家。天授元年（690）九月，67岁的武则天身穿帝王的衮冕，登上了则天楼，即皇帝之位。武则天自称"圣神皇帝"，改国号为周。在中国古代强大的"男权"社会下，一个女子可以凭借丈夫或儿子掌控朝政，但要当上皇帝，让万千须眉俯首称臣，却不是一件容易的事。

　　早在麟德元年（664），武则天已经与唐高宗一起临朝听政，并称为"二圣"。上元元年（674），唐高宗李治称"天皇"，武则天称"天后"。永淳二年（683）十二月，唐高宗驾崩，临终遗诏："皇太子李显即位于枢前……军国大事有不决者，取天后处分。"[①]太子李显即位，是为唐中宗，尊武则天为皇太

① ［五代］刘昫等：《旧唐书》卷五《高宗下》，北京：中华书局，1975年，第112页。

后。武则天随即"临朝称制",次年就找借口废唐中宗为庐陵王,立豫王李旦为帝,但仍然将权力牢牢控制于手。尽管对于完全掌控李唐政局的武则天来说,皇帝不过是个"名号"问题,但是在李家"儿皇帝"的名义下掌控政权与自己作为一个女子称帝建国有本质不同,武则天要彻底废掉李唐皇帝,建立属于自己的新王朝,无非常手段无法实现。

为了黄袍加身,武则天通过"酷吏"加强政治"恐怖"。李唐宗室及拥护宗室的旧官僚集团是武则天最有力的反对者,是其称帝道路上最大的障碍。为了让这些人噤声,武则天通过告密、酷吏等手法,诛杀李唐宗室,对政敌进行无情打击,制造恐怖政治气氛。"酷吏政治"是武则天统治时期最具争议的政治行为,有违良知和正义,主要针对宗室和高官,打击面并不大,却是武则天登上帝位最有力的保障。

武则天要称帝,取代唐王朝而建立新朝,需要支持者。在打击李唐宗室及旧官僚的同时,也需要建立能力强、忠诚于自己的新官僚集团。武则天通过改革隋代所创立的科举制度,例如常举制度化,发展进士科、扩大制举等，从而获得了广大庶族的支持。尤其是首创了科举考试的"殿试"制度，使她可以按照自己的标准网罗人才。

武则天要像男性一样建立新朝，即使在她已完全掌控李唐政权的情况下，也是难度极大的。关于中国古代王朝更替，清代学者赵翼在《廿二史札记》中认为，"只有禅让、征诛二局"，即可以通过"假禅让"实现政权的转移，或是靠暴力革命夺取政权。现在武则天的儿子是唐王朝的皇帝，在父权体系下，作为母亲的她又无法让儿子禅让皇位给自己。实际控制李唐政权的武则天要建立新朝当皇帝，不需要战争"暴力"，可以和平地"革命"，只要天降"祥瑞"或完成某项帝王的伟业，证明她是"天命"所在即可。于是，武则天先以皇太后身份南郊祭祀昊天上帝，正式担当"天子"的角色；接着举行盛大的"拜洛受图"仪式，表明其"圣人"的地位；最后建造太宗、高宗梦寐以求而无法完成的"明堂"，就完成了一项帝王伟业。另外，武则天通过符瑞、祭祀等一系列神秘活动，表明其称帝是"天意"，这就为其登上帝位铺就了道路。

垂拱四年（688），武则天的称帝"造势"活动进入高潮。正月，为了给其称帝"造势"，同时也对其称帝进行"民意"试探，武则天抛出为武氏立"七庙"的议题。武则天的做法极为周密、聪明，先建议"于东都立高祖、太宗、高宗三庙，四时享祀，如京庙之仪"，再提议"立崇先庙以享武氏祖考"。武则天将李氏放在武氏之前，尊武先要尊李，算是给了李唐宗室"面子"。然后，武则天"令所司议立崇先庙室数"①。崇文馆学士周悰刻意迎合武则天的意旨，请立崇先庙为七室，但春官（礼部）侍郎贾大隐坚持要符合"天子七庙，诸侯五庙"的礼制。武氏并非天子，顶多算个"诸侯"，当然不适合"七庙"。其实，武则天十分清楚唐代的宗庙制度，此举不过是"指鹿为马""投石问路"，彰显自己称帝的野心，并试探人心所向。不过，武则天只是锋芒稍露，适可而止，马上停止了关于此事的讨论。

同年五月，武则天"有事南郊，先谢昊天"②，即在神都洛阳南郊（并非长安城南圜丘）

① ［北宋］司马光：《资治通鉴》卷二百四《则天后垂拱四年》，北京：中华书局，1976年，第6562页。
② ［北宋］司马光：《资治通鉴》卷二百四《则天后垂拱四年》，北京：中华书局，1976年，第6563页。

举行祭祀昊天上帝的大典。此时武则天尚是李唐"皇太后"的身份，要担任只有"天子"才能完成的祭天重任，其称帝的野心已经昭然若揭。

源于上古传统的祭天活动缺乏"新意"，与普通民众关系不大，无法吸引民众的好奇心，而缺乏普通民众的参与就无法满足武则天称帝的"造势"需要。于是，武则天进行改革，使南郊亲祭的"政治化"色彩逐渐加强，一个重要表现就是将亲祭和大赦、改元结合起来。虽然武则天五月的亲祭与七月的大赦时间上错开了，但是也开了二者结合的先河。①

所谓"大赦"是帝王以施恩为名，在登基、改元、立后、立太子、灾情、祭天等情况下，在全国范围大规模地赦免犯人。"改元"是皇帝在位期间改换年号。赦免犯人的"大赦"和改变纪年的"改元"都与普通老百姓的生活息息相关，人们无法漠然视之。武则天首次将亲祭和大赦、改元结合起来的做法，得到后代帝王的效仿，无疑增强了皇帝祭天的民众关注度和参与性，提升了唐代皇帝祭天的影响力。

① [日] 金子修一：《古代中国与皇帝祭祀》，上海：复旦大学出版社，2017 年，第 139 页。

为了证明武则天称帝是"上天"的旨意，就需要祥瑞符命的"暗示"，武则天"自编、自导、自演"了一场"拜洛受图"的"闹剧"。《易·系辞上》记载："（黄）河出图，洛（水）出书，圣人则之。"据说伏羲的时候，龙马负图出黄河，神龟负书出洛水，伏羲因之画八卦，即所谓"河图洛书"，这是圣人出现的征兆。武则天受此启发，授意武承嗣炮制"洛书"。接着武承嗣命人在白石上凿刻"圣母临人，永昌帝业"的文字，然后用紫石和药物进行填充。接着，武承嗣让雍州人唐同泰奉表献上"洛书"，说是在洛水上得到的。"洛书"一出，庆贺者有之，反对者也不乏其人。

垂拱四年（688）十二月二十五日，武则天在洛阳举行了声势浩大的"拜洛受图"大典。"拜洛受图"是武则天针对官员和民众的"民意测验"，贵族官僚在酷吏们花样百出、令人闻之色变的酷刑恐吓下已经基本"噤声"，个别反对的声音也被颂扬和庆贺声所淹没，成为无伤大雅的"点缀"。广大民众大多只是看个"热闹"，被隆重、庄严的典礼所"震撼"，对传说中的"圣人"又增加了几分崇敬和神秘感。事实上，

"武则天之所以大张旗鼓拜洛受图，实际上并不真是天降符瑞，受命予彼，而是利用天人感应学说，打着'天'的招牌，为自己的长期掌握政权大造舆论"[1]。

"明堂"即"明正教之堂"，有道是"天子造明堂，所以通神灵，感天地，正四时，出教化，崇有德，重有道，显有能，褒有行者也"[2]，因此明堂是借神权以布政，宣扬君权神授的重要场所。

创建"明堂"是唐代前代帝王的夙愿，但是典籍对于明堂的式样、制度并无明确记载，因此历经太宗、高宗等朝往往议而不决，一再迁延。武则天为了给其称帝制造声势，决定按照乾封二年（667）议定的明堂制度实施。为了避免陷入儒家学者无休无止的纷纭论战，武则天"独与北门学士议其制，不问诸儒"[3]。垂拱四年（688）二月十一日，武则天拆毁洛阳乾元殿，在其旧址修建明堂，以僧薛怀义为使督造，总共役民夫数万人。当年十二月二十七日，明堂就迅速竣工。

① 赵文润，王双怀：《武则天评传》，西安：三秦出版社，1993年，第196页。
② ［东汉］班固：《白虎通德论》卷四《辟雍》，上海：上海古籍出版社，1990年，第40页。
③ ［北宋］司马光：《资治通鉴》卷二百四《则天后垂拱四年》，北京：中华书局，1976年，第6562页。

明堂气势宏伟，工艺高超，古所罕见，算是完成了高宗
生前的一桩心愿。

对于武则天称帝而言，垂拱四年（688）是极不平
常的一年，"二月明堂的开建，四月宝图的出现，五月
戊辰的诏，年末明堂建成，以及永昌元年在明堂举行各
种活动，所有的一切都是完成整个革命的步骤。武后的
明堂，不仅仅是新政权的象征、为了收揽人心的建筑物，
从一开始就是计划中新政权的舞台，在现实政治方面具
有重要意义……武后正式登上帝位的最后一个阶段中，
明堂经常起到重要作用"①。

武则天对洛阳明堂极为满意，称其为"万象神宫"，
并且"纵东都妇人及诸州父老入观"，与作为皇家禁区、
神圣的长安圜丘祭坛形成鲜明的反差，显示出洛阳明
堂强烈的政治色彩。关于创建明堂的意义，武则天说：
"夫明堂者，天子宗祀之堂，朝诸侯之位也。开乾坤
之奥策，法气象之运行，故能使灾害不生，祸乱不作。"
关于明堂的功能和用途，武则
天说："时既沿革，莫或相遵，
自我作古，用适于事。今以上

①〔日〕金子修一：《古代
中国与皇帝祭祀》，上海：
复旦大学出版社，2017年，
第198页。

堂为严配之所，下堂为布政之居，光敷礼训，式展诚敬。来年正月一日，可于明堂宗祀三圣，以配上帝。"①因此，按照规划，洛阳明堂上层是祭祀上帝、祖先的"严配之所"，下层为"布政之居"，结合了祭祀和行政办公两大功能。

永昌元年（689）正月初一，武则天"大享明堂"。作为李唐皇太后的武则天穿戴衮冕，完全是"天子"的装扮，腰间插着大圭，手里拿着镇圭，进行初献。皇帝（睿宗）则负责亚献，太子（李成器）负责终献。先祭祀昊天上帝，然后是高祖、太宗、高宗，接着是魏国先王（武士彟）。武则天之前的唐代帝王均是冬至在长安圜丘祭祀昊天上帝，洛阳明堂建成后，祭天就转移到了明堂，时间也变为正月。"大享明堂"将以前的冬至圜丘祭天、正月上辛日祈谷和季秋明堂祭祀合三为一。②作为皇太后的武则天以"天子"身份在明堂祭祀昊天上帝，真皇帝睿宗反而充当亚献，表明武则天"天子"身份获得了上天的"承认"，她最终完成了从皇太后到皇帝的身

① ［五代］刘昫等：《旧唐书》卷二十二《礼仪二》，北京：中华书局，1975年，第863页。
② ［日］金子修一：《古代中国与皇帝祭祀》，上海：复旦大学出版社，2017年，第199页。

份过渡。

武则天称帝之后,从天授二年(691)到长寿三年
(694),每年正月都在明堂举行"大享",武则天正
式以"天子"身份祭祀昊天上帝。不过祭天时,李氏已
经不再参与,而是女皇武则天初献,魏王武承嗣亚献,
梁王武三思终献。

证圣元年(695)正月,武则天要利用佛教经典《大
云经》为自己"女主临朝"提供依据,因此该年没有
举行祭祀昊天上帝的"大享",而是在明堂举办佛教
的无遮会(即贤圣道俗上下贵贱无遮,平等行财施和
施法的法会)。

无遮会的筹划者为僧薛怀义,为了展现盛会的隆重与
神秘,薛怀义令人在明堂内挖一个五丈深坑,坑里放置佛
像,坑上搭一丝绸宫殿。武则天御驾莅临之时,命人将坑
中佛像引出,恍如地中涌现。薛怀义又杀牛取血,画了一
位高二百尺的大佛,悬挂于天津桥,说是自己割破膝盖,
用血而作。此时正好有御医沈南
璆,新获得武则天垂青。薛怀义
妒火中烧, 放火焚烧天堂[1],大

① 天堂:亦名天之圣堂,
始建于唐 689 年,位于唐洛
阳城太初宫宫城正殿明堂的
北侧。

火迅速蔓延，殃及邻近的明堂。明堂大火照得整个洛阳城如同白昼，到天明才熄灭。明堂的焚毁和宫廷丑闻令依靠"天人感应"而登上皇位的武则天感到前所未有的政治压力，打算承认这是上天对其为政不善的警戒，欲暂避正殿反省，并停朝会与大聚饮。宰相姚璹却强调这只是普通火灾，并非天灾，也不是上天意志的反映，因此武则天不须"罪己"。

事实上，"明堂"作为武周政权最具象征意义的礼制建筑，是武则天"受命于天"的标志，明堂毁于一旦无疑给武周政权造成了巨大的舆论压力。尽管武周臣僚想方设法为武则天在明堂大火中的责任辩解，但明堂大火确实使得武周政权的合法性遭遇前所未有的一次重创。①5 天后，武则天还是向太庙祭告明堂失火之事，下诏自责，并鼓励群臣直言极谏。

由于祭祀昊天上帝的明堂被焚毁，该年的祭天大典转移到洛阳南郊。证圣元年（695）秋九月，武则天在洛阳南郊举行了隆重的合祭

①孙英刚在《佛教与阴阳灾异：武则天明堂大火背后的信仰及政争》（《人文杂志》2013 年第 12 期）一文中，否认薛怀义因争宠而纵火泄愤的说法，认为这是李唐为掩盖政治斗争而编造的，可能确实是施工过程中发生火灾。

天地（明堂大享也采用合祭天地形式）典礼，追尊武氏始祖周文王（姬昌）为始祖文皇帝，武则天的父亲应国公（武士彟）为无上孝明高皇帝，以二祖共同配享天地。亲祭同时进行大赦，规定"大辟罪已下及犯十恶常赦所不原者，咸赦除之"[①]。

通过这些举措，武则天反省明堂焚毁中自身的责任，并减轻民间的不满情绪。同时，改当年证圣元年为天册万岁元年。武则天再次将南郊亲祭与大赦、改元结合，从而为郊祭赋予丰富的政治内涵。

万岁登封元年（696）三月，新明堂落成，武则天将其命名为"通天宫"。四月，举行亲享，同时大赦和改元。此时，已经古稀之年的女皇武则天碰到了一个前所未有的棘手问题，那就是继承人问题。

圣历元年（698），武则天之侄武承嗣、武三思以武氏同姓身份向武则天谋求武周的太子。大臣狄仁杰劝说武则天："姑侄与母子，哪个比较亲近？立子，千秋万岁还有人在太庙祭祀；如果立侄，未曾听说天子有祭祀姑姑的。"

[①]［五代］刘昫等：《旧唐书》卷六《则天皇后》，北京：中华书局，1975年，第124页。

尽管女皇武则天雄心壮志不输于男子，可以称帝，建立新王朝，但是最终无法改变已经延续几千年的根深蒂固的"父权体制"。同年九月，无可奈何的武则天只能恢复庐陵王李哲（中宗，又名显）的太子地位。次年，武则天召集相王（睿宗）、太平公主及武氏族人制作誓文，在明堂将确立的继承人祭告天地。久视元年（700）十月，武则天将周正（岁首十一月）改为夏正（岁首正月），标志着武周政权开始向李唐政权过渡。同时，明堂作为武周政权的象征，重要性也逐渐削弱。

解决了继承人问题，年事已高的武则天终于少了一块心病，开始缓和与李氏的关系。大足元年（701）十月，78岁的武则天率太子、相王及其余诸子回到阔别已久的长安。从永淳元年（682）以后，武则天一直驻跸神都洛阳，到此时已经20年。

从洛阳回长安途中，天降大雪，天寒地冻，内心不安的太子、庐陵王李哲亲自为武则天暖脚，母子俩体会到了难有的温情。武则天带领太子、百官抵达长安后，使得宏伟且冷寂的长安宫殿恢复了生气。武则天感觉自己年轻了许多，想到在长安的童年生活，以及陪伴太宗、高宗的艰难岁月，心情难免激动。

回到长安后，武则天宣布大赦，改元长安。长安二年（702）十一月二十五日冬至，武则天循着太宗、高宗的足迹，第一次登上属于李唐的圜丘祭坛，"亲祀南郊，大赦天下"①。此次亲祀形式仍然是天地合祭，就是将南郊、北丘祭祀结合，以周文王（姬昌）、应国公（武士彟）配享，太子李哲（中宗）担任亚献。尽管武则天祭天仍以武氏祖先配享，但是武则天母子团聚，在长安圜丘同祭天地，标志着武则天与李氏的和解，政权由武周开始向李唐过渡。

在长安住了两年，武周政局整体比较安定。长安三年（703）十月，武则天病重，不得不离开长安，回到洛阳。

武则天的帝王之路始于垂拱四年（688）五月的洛阳南郊祭天，接着就是"拜洛受图"与明堂大享。通过一系列"造势"活动，武则天为自己营造了"天命所归"的氛围，离皇帝的宝座越来越

① ［五代］刘昫等：《旧唐书》卷六上《则天皇后》，北京：中华书局，1975年，第131页。

近。证圣元年（695），明堂被焚毁，武则天感受到巨大的政治压力。九月的洛阳南郊合祭天地则一定程度上消除了明堂被焚毁的负面效应。长安二年（702），武则天解决了继承人问题，首次作为武周天子率领太子回到长安，并登上长安南郊的圜丘祭祀昊天上帝，预示着武周政权向李唐的过渡，一切又回到了"起点"。

第五节
祭坛风云——唐中宗与圜丘祭天

　　唐中宗李显生在帝王之家是其不幸，一生两次称帝，则是更大的不幸。虽历经生活的苦难，唐中宗却始终顺从、忍受，在沉默中结束生命。唐中宗一生遇到的女性都异常"强悍"，母亲武则天将其当作政治牺牲品；妻子韦后、女儿安乐公主将其作为攫取政治权力的"矿藏"，并凶残、无情地将其杀死。所有的阴谋与杀戮，都根源于帝王登临圜丘祭祀昊天上帝所象征的至高皇权，都是围绕其展开了激烈的政争风云。

　　唐高宗开耀二年（682），26岁的太子李显喜得贵子，即长子李重润。听闻喜讯，一直患病的唐高宗也极为欢欣，在皇孙李重润满月时改年号为"永淳"，还破例立其为皇太孙。次年十二月，唐高宗病死。太子李显当月即位，是为中宗。按照高宗遗诏，中宗执政，由裴炎辅政，大政则由武后辅助决策。

唐中宗人生辉煌似乎刚刚开始，接下来应该是政由己出，一展平生抱负。不料造化弄人，其亲生母亲武则天虎视眈眈，将其看作是独揽李唐政权的障碍。唐中宗年轻气盛，可能已经淡忘皇兄李弘、李贤一死一废的往事，贸然擢升韦后之父为豫州刺史，并打算进一步委以重任。唐中宗试图培植外戚势力的做法，直接触犯了野心勃勃的武后，令其勃然大怒。当了50余天皇帝的唐中宗，被霸道的武则天废为庐陵王，贬出长安。

庐陵王李显被软禁于唐代高级贵族、官僚的流放之地均州（今湖北丹江口）、房州（今湖北房县），远离政治中心，但身份决定其永远处于政治旋涡之中。房、均之地山清水秀，气候宜人，茂林修竹，泉涌瀑流，但中宗并无修身养性、吟诗作文的心情，内心只有对母亲的恐惧。

中宗被流放之后，武则天又废掉睿宗，登帝位，建新朝。每有京城消息传来，都令中宗恐惧不已，听到京城使者到来，中宗甚至惊恐到要自杀。被软禁14年，其妻韦氏一直陪伴，不离不弃。韦氏曾经劝中宗道：

"祸福倚伏，何常之有？岂失一死，何遽如是也！"[1]
言若此，可见韦氏非寻常女子。凡人生多磨难，如不
惧死，则何惧苦痛。祸福相倚，观二人往后之行事，
可谓一语中的，不幸成谶。中宗与韦氏相依为命，尝
尽了人世间的苦难。

圣历元年（698），武则天经过深思熟虑，最终确
定以李氏为武周帝国皇位继承人。庐陵王李显与其家人
终于结束囚禁生活，回到神都洛阳，再次被立为皇太子。

长安元年（701），武则天率太子、群臣从洛阳回
到久别的长安，因武则天称帝而导致的紧张政治气氛有
所缓和。不料，祸从天降，李显长子——曾经的"皇太
孙"李重润因不满张易之、张宗昌弄权，被武则天以诽
谤朝廷罪逼令自杀，使得太子李显再度陷入恐惧之中。

神龙元年（705）正月，82岁的武则天病入膏肓。
宰相张柬之、右羽林大将军李多祚等率羽林军冲入玄武
门，杀张易之、张昌宗兄弟，逼武则天退位。武则天先
令太子李显监国，次日传位太子。中宗再次称帝于通天宫，大赦天下。对中宗来说，从囚

[1] ［五代］刘昫等：《旧唐书》卷五十一《后妃上》，北京：中华书局，1975年，第2171页。

徒变为天子，已经没有太多欣喜，只有麻木和无奈。二
月，中宗恢复唐国号及相关制度，以洛阳为东都。

同年九月，唐中宗在洛阳明堂亲祀昊天上帝，以高
宗天皇大帝（即唐高宗李治）配享，正式恢复了李唐王
朝的祭天大礼。

神龙二年（706）正月，唐中宗护送武则天灵驾返
回长安。十月，中宗车驾抵达京师，长安再次成为唐王
朝的政治中心。武则天在洛阳精心营建的宏伟明堂再也
不具有祭天的功能，"季秋大享，（中宗）复就圜丘行
事"①。长安南郊的圜丘在冷寂多年之后，再次成为李
唐王朝的祭天神坛。

唐中宗复辟唐室后，并没有忘记与韦氏的患难之情，
立刻兑现昔日"一朝见天日，誓不相禁忌"的诺言，立
韦氏为皇后，并让其参与朝政，于是中宗"每临朝听政，
皇后必施帷幔坐于殿上，预闻
政事"②。中宗又不顾群臣反对，
破格追封韦后之父为王，终于
一逞昔日之志。张柬之等功臣
反对韦后参政，中宗对其不予

① ［五代］刘昫等：《旧
唐书》卷二十二《礼仪二》，
北京：中华书局，1975 年，
第 873 页。
② ［五代］刘昫等：《旧唐
书》卷九十一《桓彦范传》，
北京：中华书局，1975 年，
第 2929 页。

重用，日渐疏远，最终贬杀。

早在武周时期，太子李显为了讨好武则天，就积极与武氏联姻。永泰公主嫁与武则天侄孙武延基，为魏王武承嗣儿媳；安乐公主嫁与武则天的另一侄孙武崇训，为梁王武三思儿媳。于是，唐中宗与武氏之间关系密切。后来，唐中宗又以上官婉儿为昭容，令其专掌制命。上官婉儿屡次诱说韦后效仿武则天，致其政治野心不断膨胀。武则天退位并去世后，失去靠山的武三思惧怕朝中"倒武"势力，就通过上官婉儿结交韦后。韦后与武三思关系暧昧，加上中宗听之任之，韦后、上官氏和武氏逐渐结成政治联盟。

太子李重俊是唐中宗第三子，非韦后所生。安乐公主有政治野心，经常凌辱太子，甚至要求中宗将其废掉。神龙三年（707），太子李重俊联合左羽林将军李多祚，率领羽林军杀武三思、武崇训等。接着，李重俊从肃章门冲入皇宫，试图消灭韦后集团。中宗与韦后、上官婉儿、安乐公主登玄武门避难。太子李重俊不能控制中宗，被部下所杀。

韦后、上官婉儿等人虽然经此劫难，但并不收敛，反而变本加厉，胡作非为，要实现其政治野心。是年，中宗加封韦后尊号为"顺天翊圣"，改元景龙。

景龙二年（708），韦后自称衣箱裙上有五色祥云升起，命画工作图，出示文武百官，中宗因"庆云之瑞"而大赦天下。接着又有人奏请："则天皇后未受命，天下歌《武媚娘》……顺天皇后未受命，天下歌《桑条韦》，盖天意以为顺天皇后宜为国母。"[1]事实上早在永徽时，民歌《武媚娘》已经流行，这完全是谄媚者的附会。与武则天"拜洛受图"相比，韦后这种欺世盗名的祥瑞，手段极其低下、拙劣。但是，对韦后授意或者谄媚者组织，宣扬其为"国母"的"造势"活动，中宗并不阻止，反而积极配合，进一步助长了韦后的擅权。

景龙三年（709）十一月冬至，中宗在长安南郊圜丘亲祀天地。这是李唐复国后，在长安圜丘举行的首次皇帝亲祀，意义重大。更令人关注的是，韦后担任了祭天的亚献。古代祭天仪式主要有三个程序，即向神的三次献酒礼，初献由皇帝完成，亚献通常由摄官（临时任命）的太尉担任，最后是终献。韦

[1]［北宋］司马光：《资治通鉴》卷二百九《中宗景龙元年》，北京：中华书局，1976年，第6737页。

后充任圜丘祭天的亚献并不是"创新"，其"灵感"来自武则天。

唐高宗麟德二年（665），武则天积极鼓动高宗举行泰山封禅大典。临行之前，武则天要求参加祭地大典，上表道：按照封禅礼制，祭祀地祇，太后配享，令公卿当亚献，男女有别，不太妥当，应该由自己这个儿媳孝敬婆婆。由于武则天的说法合情合理，没有大臣强烈反对，于是唐高宗予以批准，下诏：社首山"降禅坛"祭地祇，由武则天亚献，越国太妃燕氏为终献。这是历史上首次有皇后参加的封禅大典，武则天借此为百官加官晋爵，为其后来称帝奠定了基础。

韦后也想模仿武后，充当圜丘祭天的亚献，但进展却并非一帆风顺。最初，国子祭酒祝钦明、国子司业郭山恽为了讨好韦后，建言：请以韦后为亚献，安乐公主为终献，助祭天地。太常博士唐绍、蒋钦续认为皇后南郊助祭，于礼不合，前代也无先例可循，更反对公主充任终献。后来，尚书右仆射韦巨源支持祝钦明、郭山恽的提议。而中宗以为韦后、安乐公主充当亚献、终献，有悖礼法，于是采用折中方案，"遂以皇后为亚献，（左仆射韦巨源为终献）仍补大臣李峤等女为斋娘，执笾豆焉"①。韦巨源为韦后同族，是韦后的重要支持者。宰相李峤表面中立，实则阴附于韦后，故以其女为斋娘。

按照惯例，郊祭斋郎一般由王公大臣子弟充任，是贵族官僚子弟加官晋爵的捷径。韦后以宰相等显贵之女担任斋娘，辅助其祭祀，一可以获得重臣的支持，二则是为其女主临朝"造势"。

此次圜丘祭天，由韦后担任亚献，终献也由韦后一党的韦巨源出任，还夹杂着投靠韦后贵族、将相的女儿。唐中宗同时宣布大赦，在押囚徒及十恶罪均在赦免之列，杂犯、流人一并放还。京中文武官员三品以上赐爵一等，四品以下加一阶，余赏赐有差。韦后效法武后，为强化自己的权威而积极利用祭天恩赏众官，并扩大赦免的范围，以收揽人心，这是韦后夺取政权的重要步骤。

韦后、安乐公主胡作非为，引发了朝野人士的不满，许多人敢怒而不敢言，但也不乏正义、不惧死之人。景龙四年（710）四月，定州人郎发上书指斥韦后、宗楚客等将为逆乱，反而被唐中宗杖杀。

① ［五代］刘昫等：《旧唐书》卷二十一《礼仪一》，北京：中华书局，1975 年，第 831 页。

五月，前许州兵马参军燕钦融上书，言皇后奸淫，干预朝政，安乐公主、武延秀、宗楚客危及社稷。中宗大怒，召燕钦融询问，并杀之。尽管中宗杀掉了燕钦融，也没有追究韦后，然而一向对韦后言听计从的中宗竟然大怒，必然已经了解内情，这令心虚的韦后极度不安。同时，安乐公主一心怂恿皇后临朝称制，然后自己就可以即位当"女皇"。

安乐公主是中宗最小的女儿，因分娩于中宗流放房州途中，中宗曾临时解衣作为其襁褓，故小名"裹儿"。由于与安乐公主一起经历了房州的苦难岁月，因此中宗十分溺爱安乐公主。李裹儿成年后容貌出众，加之中宗的不断纵容，故养成骄横任性、无法无天的性格，对金钱、权势的胃口也越来越大。

唐中宗恢复帝位，安乐公主权倾朝野，卖官鬻爵。安乐公主甚至自草制敕，掩盖其文，令皇帝签署，中宗笑而书之。安乐公主曾陪伴武则天，羡慕其生为女子，可以独断朝纲、生杀予夺，因此萌生"女皇梦"。她想当"女皇"的想法并不对人掩饰，曾"请（中宗封其）为皇太女，左仆射魏元忠谏不可，（公）主曰：'元忠，山东木强（质直刚强，不知变通），乌足论国事？阿武子（武则天）尚为天子，天子女有不可乎？’”①唐中宗虽然没有答应安乐公主当“皇太女”的请求，但也没有谴责，这更令其有恃无恐。安乐公主想当女皇的野心昭然若揭，这在皇权时代无异于谋逆，中宗竟然无动于衷。安乐公主不能如愿，于是就和韦后谋划除掉唐中宗。②

景龙四年（710）六月，在韦后和安乐公主谋划下，中宗中毒身亡，终年55岁。韦后秘不发丧，总理国政。接着，立温王重茂为太子，发丧于太极殿。韦后临朝，大赦天下，改元唐隆。六月七日，皇太子即位，韦氏临朝称制，操控政权，并大赦天下，常赦之外的罪犯亦赦免。韦后还召集诸府折冲兵5万人屯聚京城，由韦氏族人统率。

韦后离皇帝的宝座越来越近，不料“螳螂捕蝉，黄雀在后”。尽管韦氏母女多有戒备，但还是祸起萧墙。临淄

① ［北宋］欧阳修、宋祁等：《新唐书》卷八十三《安乐公主传》，北京：中华书局，1975年，第3654页。
② 关于唐中宗的死因，《旧唐书》《资治通鉴》均认为唐中宗是中毒而死。黄永年在《说李武政权》（《人文杂志》1982年第1期）一文中认为唐中宗可能是病死的。今新出土《安乐公主墓志》有“（安乐公主）密行鸩毒，中宗暴崩”，可见安乐公主确实参与了毒杀中宗的行动，见孟宪实：《安乐公主墓志初探》（《出土文献与中古史研究》，北京：中华书局，2017年）。

王李隆基举兵诛杀韦氏、武氏，显贵一时的韦氏众人均被砍头，悬挂于安福门外。韦后闻乱，慌乱中走入飞骑营避难，不料被一兵将所杀。李隆基举兵之时，安乐公主正在照镜子描画修眉，听闻乱兵攻入，她逃到右延平门，被军士追及斩首。无论是伪造祥瑞、参与祭天，还是谋杀中宗，韦氏母女的所有努力，到最后都为别人做了嫁衣。

韦后与中宗在贫贱和苦难中谋求生存，而在富贵和权力达到顶峰时殒命，正验证了其昔日所言："祸福倚伏，何常之有？岂失一死，何遽如是也！"她其实一直不明白祸福相依、知足常乐这个道理，不禁令人唏嘘！

唐中宗对患难与共的韦后、安乐公主的宠爱太过，不但害了自己的性命，也使得韦后和安乐公主在权欲的操纵下走向灭亡。韦后与安乐公主贪欲太强，在圜丘祭天中居然没有意识到朝臣中的巨大反对力量。当登上圜丘祭坛的韦后被权欲刺激得逐渐失去理智，与幼稚、骄横的安乐公主一起决计要把中宗这棵她们依靠已久，但却阻挡她们再进一步的"参天大树"砍倒，就预示了其走向灭亡的结局！

第六节
礼仪之争——唐睿宗与圜丘祭天

　　武则天统治时期，圜丘亲祀采用天地合祭形式，并且与大赦和改元结合，祭祀实际被作为一种政治工具。临淄王李隆基和太平公主联合发动政变恢复唐睿宗的帝位，但睿宗并未掌握实权。睿宗朝，遵"则天故事"的旧贵族、官僚，如太平公主等势力仍然较强，与复兴唐室的新势力，即太子李隆基集团形成激烈政治对抗。经历平定武韦之乱、先天政变等，代表武则天时代的旧政治势力终于被铲除殆尽。

　　垂拱元年（685）八月，唐睿宗李旦在东都洛阳有了第三个儿子，即后来的唐玄宗李隆基。然而，唐睿宗并不因得子而欣喜，因为前一年中宗李显被废为庐陵王，流放房州，自己命运如何？也不可预料。23岁的睿宗虽然贵为天子，但是只能居于别殿，不能亲政。母亲武则天年逾花甲，却"不辞劳苦"，临朝称制。不久，酷吏横行，告密成风，睿宗及诸子也是战战兢兢，谨言慎行，深恐厄运降临。

元授元年（690），随着武则天称帝条件的逐渐成熟，睿宗李旦连傀儡也不用当了，被降为皇嗣。这一年李隆基只有5岁，随父亲搬到东宫，"皆幽闭宫中，不出门庭者十余年"。长安元年（701），武则天决定以李氏为武周继承人。17岁的李隆基跟随父亲相王李旦，追随武则天等第一次来到长安，一待就是两年。神龙元年（705）正月，发生"五王诛二张"事件，武则天被迫退位，中宗李显复位。后来，由于韦后、安乐公主、武三思等擅政，太子李重俊发动兵变，杀武三思而身死。

景龙四年（710）六月，韦后与安乐公主合谋毒杀中宗，拥立新帝。韦后临朝称制，自以为已经完全掌控局势，效仿武后加紧筹划"革命"。此时，庐陵王李隆基争取到了太平公主的支持，利用禁军"万骑"对韦后一党的不满，举兵条件已经成熟。二十日，李隆基、刘幽求等率万骑攻入玄武门，诛杀韦后、安乐公主等党首。二十四日，在太平公主的主导之下，废少帝，拥戴退位

26 年的相王李旦即位。由于临淄王李隆基推翻韦后一党有功，加之长兄李成器的谦让，李隆基被立为太子。七月，废皇后韦氏为庶人，安乐公主为悖逆庶人，罢免斜封官。十一月，安葬中宗。

临淄王李隆基联合太平公主顺利剿灭韦后、安乐公主一党，唐睿宗恢复帝位，李唐政权暂时稳固。但是，唐睿宗恢复帝位是太平公主和太子李隆基角力的结果，政局表面平和，实则暗流汹涌，李隆基与太平公主两大政治集团之间的明争暗斗才刚刚开始。睿宗本来任用支持太子李隆基的姚崇、宋璟为相，改革弊政，却受到太平公主集团的掣肘，于是"公主所欲，上无不听，自宰相以下，进退系其一言，其余荐士骤历清显者不可胜数，权倾天下，趋附其门者如市"①，极大遏制了李隆基势力。

景云元年（710）十月，太平公主一党到处散布"太子非长，不当立"的主张，鼓动宋王李成器夺取李隆基的太子之位，甚至公开要求唐睿宗废掉太子。

景云二年（711）正月，因

① ［北宋］司马光：《资治通鉴》卷二百零九《睿宗景云元年》，北京：中华书局，1976 年，第 6769 页。

为距离中宗丧礼时间较近，睿宗没有接受朝贺，也没有举行礼仪活动。二月，睿宗令太子李隆基监国。"监国"本来是在皇帝外出时，由太子留守京师代掌国政的一种制度，但睿宗令太子监国，则是在做传位前的准备。表面上对太平公主言听计从的睿宗果断向太子让出权力，令太平公主猝不及防，太子李隆基取得了对太平公主集团斗争的初步胜利，但也使双方矛盾激化。数日后，由于太平公主势力的反扑，支持太子的宰相姚崇、宋璟被睿宗贬斥。新任宰相窦怀贞、崔湜、岑羲都是太平公主集团的核心人员，作为太子集团成员的韦安石、张说、郭元振也被同时罢相。

同年八月，因唐高祖旧宅兴圣寺天授年间（690—692）枯死的柿树突然复活，睿宗特别为此"祥瑞"而大赦天下。天授年间，武则天建周称帝，取代了李唐，唐高祖旧宅兴圣寺柿树随之枯死。睿宗即位后，柿树复活，则预示着李唐的复兴。睿宗以此"祥瑞"表明复兴李唐的决心和意志，要"行贞观故事"，是针对韦后、太平公主等试图遵"武后故事"而行的反制手段。为了显示"柿树复活"所蕴含的政治意义，睿宗还扩大了大

赦的范围，将谋杀、劫杀等罪免死，流配岭南，贪污获
罪官员被特赦。

太平公主是武则天的亲生女儿，目睹其母亲成为
女皇所付出的艰辛和代价，以及最终还政李唐的过程，
应该无当女皇的野心。《旧唐书》所谓"多权略，武后
以为类己"[1]是说太平公主拥有武则天一般的智慧和谋
略，史料中确实找不到太平公主要当女皇的证据。但是，
太平公主热衷权力和财富。韦后专擅国政期间，颇为忌
惮太平公主。她也与韦后一党保持了一定距离。当韦后
一党势力膨胀，弑君之后"临朝称制"，并向女皇的道
路不断迈进时，太平公主终于果断出手，助临淄王李隆
基一臂之力，剿灭韦氏。同时，太平公主反对触动中宗
以来的弊政，包括武则天统治时期形成的各项制度，属
于当时的政治保守派。这与
试图恢复李唐政治的睿宗、
玄宗产生冲突，这是李隆基
与太平公主两大势力斗争的
实质。[2]

太极元年（712），睿

① ［五代］刘昫等：《旧唐书》
卷一百八十三《太平公主传》，
北京：中华书局，1973年，第
4738页。
②许道勋、赵克尧在《唐玄宗传》
（人民出版社，1985年，第75页）
中认为：李隆基和太平公主之间
斗争的实质，在于要不要改革中
宗弊政的问题。

宗开始举行一系列礼仪活动，以确立其统治权威。正月
一日，睿宗亲谒太庙。接着，睿宗除去丧服，到正殿接
受朝贺。十一日，睿宗到南郊圜丘亲祀昊天上帝。关于
圜丘亲祀的礼仪问题，睿宗与一部分朝臣产生了纷争。
有司（应该代表睿宗的态度）建议此次亲祀只祭祀昊天
上帝，而不设地祇的神位，谏议大夫贾曾则上书主张天
地合祭。由于东都洛阳很长一段时间都没有南北郊坛[①]，
天地合祭是武则天当政以来祭祀的传统。

　　洛阳明堂落成后，成为武周最重要的礼仪建筑，每
年正月（夏历十一月）的天地合祭成为最重要的祭祀大
典。即使是长安二年（702），武则天在长安圜丘的亲
祀也采用天地合祭的形式。

　　正是基于上述背景，睿宗似乎想"拨乱反正"，恢复
唐王朝前期圜丘祭祀昊天上
帝的传统，但遭到维护旧制
度的朝臣反对。后来，睿宗
令宰相召集礼官讨论此事，
国子监祭酒褚无量、国子监
司业郭山恽都请依贾曾所言。

①［日］金子修一认为：天授二
年（691），武周政权在神都洛
阳修筑了南北郊坛，除了明堂祭
祀，其他祭祀也以"有司摄事"
形式进行（见《古代中国与皇帝
祭祀》，第200页）。但是武则
天统治时期，洛阳城作为李唐和
武周的都城，是否建立了完备的
礼仪建筑，如圜丘、南北郊坛，
因相关史料太少而不得其详。

可见，天地合祭的形式最终还是得到包括宰相在内的朝臣的支持，睿宗仍然无法实现自己的主张，即在圜丘只亲祭昊天上帝。睿宗为了实现圜丘只祭祀昊天上帝的目的，只能宣布即将亲祭北郊（专门举行祭地大典的祭坛），祭地大典在当年五月十日夏至完成，是唐代历史上唯一一次皇帝北郊亲祀大典，因此睿宗就不必理会贾曾等要求圜丘合祭天地的建议了。

这一事件，一方面说明睿宗试图恢复贞观、永徽礼制的急迫心理，另一方面则说明朝内反对势力之强大。从当时的政治形势分析，这股反对睿宗的势力不应该来自太子李隆基集团，而只能是太平公主集团。尽管太平公主没有称帝的野心，但是出于维护自身政治、经济利益的需要，仍与代表复兴李唐势力的睿宗和太子李隆基展开针锋相对的斗争，试图保持武周以来所形成的政治体制，即使是只具有象征意义的天地合祭礼仪。事实上，睿宗反对武周，要复兴大唐的信念，在为去年唐高祖旧宅"柿树复活"祥瑞而特意进行的大赦中已经有所体现。

长安二年（702）七月，西边天空出现彗星，太平公主向睿宗进言："帝座及前星有灾，皇太子合作天子，不合更居东宫矣。"①意思是彗星兆示皇帝和太子都有灾祸，太子要与皇帝"合作"，否则太子之位就不保。太平公主此言目的在于挑拨睿宗与太子之间的关系，让睿宗对太子怀有戒心。

不料，太平公主弄巧成拙，事与愿违。"宽厚恭谨，安恬好让"的睿宗抓住这一时机，干脆直接卜诏传位太子，令太平公主措手不及。八月，玄宗正式即位，睿宗被尊为太上皇。玄宗大赦天下，改元"先天"。玄宗即位后，太平公主势力仍然很大，"宰相七人，四出其门"。宰相之中，窦怀贞、崔湜、岑羲、萧至忠属太平公主集团，郭元振、魏知古则为玄宗一派，陆象先则比较中立，刚正不阿，倾向玄宗。

先天二年（713），政治形势对玄宗更加不利，"文武之臣，太半附之（太平公主）"。太平公主还控制北衙禁军，甚至试图向玄宗下毒。七月，唐玄宗李隆基决定先下手，斩杀听命于太平公主的羽林将军常元楷与李慈，控制北衙禁军。接着，诛杀宰相萧至

① ［五代］刘昫等：《旧唐书》卷八《玄宗上》，北京：中华书局，1973年，第168页。

忠、岑羲等，窦怀贞投水而死。太平公主则被玄宗赐死于家中。到了该年年底，太平公主势力被彻底铲除。

唐睿宗两次称帝，在位8年，实际掌握政权只有两年。与中宗一样，睿宗个性软弱，才能平庸，难以担当复兴李唐的重任。为了保持政权稳定，睿宗极力平衡太子李隆基和太平公主集团，甚至有意削弱太子势力，致使太平公主集团嚣张一时。但是，睿宗毫不动摇立李隆基为太子，又迅速令其监国，果决内禅，一步步退出国家权力核心，实现了与玄宗政权的顺利交接。其明断果决，则高中宗甚矣！睿宗极力复兴李唐，粉碎了太平公主集团凭借武周旧制维护其政治利益的企图，保护了圜丘祭天的历史传统，为玄宗朝礼仪制度的完善奠定了基础。

第七节
盛世大典——唐玄宗与圜丘祭天

唐玄宗统治时期（712—756），改革弊政，励精图治，开创了著名的"开元盛世"。这一时期唐王朝政治、经济和文化高度发展，进入鼎盛时期。唐玄宗为了粉饰盛世气象和崇道，曾经4次圜丘亲祀。另外，唐玄宗还非常重视礼仪制度建设，经过礼制官员的探讨和实践，制定了《开元礼》。《开元礼》是对唐代前期圜丘祭天制度的一次大总结，对唐代后期的圜丘祭天礼仪制度定型及后世朝代都产生了极大影响。

从开元元年（713）到开元十年（722），是"开元之治"的黄金时代。唐玄宗任用贤相、革除弊政，抑制奢靡，所谓"贞观之风，一朝复振"。唐玄宗为了强化皇权，采取了一系列政治措施，包括：

重视人才选拔，相继任用姚崇、宋璟为相，改革武则天以来所形成的用人伪滥的弊政。重视州县官吏选拔，实施地方官与京官交流政策，加强对地方官员的考核，涌现了一批地方良吏。

为了保持政局稳定，打击官员结党营私，唐玄宗推行"功臣外刺"政策，参与"先天政变"的张说、刘幽求、钟绍京、崔日用等功臣相继出任外州刺史，远离中央决策中心。同时，为了杜绝宗室与朝臣交往，避免有野心的政治势力以诸王或皇子旗号发动宫廷政变，唐玄宗也让诸王相继担任没有实权的外州刺史，并且在开元十年（722）重申："自今已后，诸王、公主、驸马、外戚家，除非至亲以外，不得出入门庭，妄说言语。"①

唐代前期的政变，如玄武门之变、景龙政变等，一般都有北门禁军将领的参与，要防止政变的发生，就要加强对北门禁军的控制。开元十七年（729）之前，唐玄宗一直任用昔日家奴王毛仲牢牢控制禁军。开元十年（722），长安左屯营作乱，但仅一天便溃散。之后，北门禁军再无危及皇权的"祸乱"发生。

开元十一年（723），唐玄

① ［五代］刘昫等：《旧唐书》卷八《玄宗上》，北京：中华书局，1973年，第184页。

宗亲政已经 12 年。其间，唐玄宗励精图治，任用贤才，从谏如流，禁止奢靡，政治趋于安定，经济得以繁荣，基本上实现了"大治"。自以为功成业就的唐玄宗好大喜功的品性逐渐显露，开始重视盛世气象的营造。

事实上，早在开元九年（721），曾经策动睿宗让太子李隆基监国、献计诛杀太平公主的功臣张说从外州刺史调任兵部尚书，并授同中书门下三品（即宰相），《旧唐书》卷九十七《张说传》载"当承平岁久，（唐玄宗）志在粉饰盛时"，标志着唐玄宗统治进入了新的阶段[①]。

张说为相后，辅佐唐玄宗举行了一系列巡行、祭祀活动，其目的就在于彰显大唐的盛世气象。该年的河东之行是唐玄宗当政以来的首次外出巡行，目的在于审视即位 12 年后治理国家的成果，目的地是"王业所兴"的太原。

一年前，唐玄宗就已经起驾抵达东都洛阳。开元十一年（723）正月，唐玄宗从洛阳出发，翻越太行山，在张嘉贞、张说、

[①] 吕思勉在《隋唐五代史》（上海古籍出版社，1984 年，第 175 页）中说道："开元九年，张说相，导帝以封禅，而骄盈之志萌矣。"

张九龄、苗晋卿等大臣陪伴下回到"龙兴之地"潞州（今山西长治）。唐玄宗曾在此担任潞州别驾一年半，是其政治走向成熟的关键时期。

唐玄宗在潞州大摆筵席"宴父老"，并把当年故居改为"飞龙宫"，让张说写了一篇《上党旧宫述圣颂》，立碑勒石，还让张九龄写了一篇《圣应图赞》。唐玄宗免除了潞州5年的租税，赦免了"大辟"以下的所有罪犯。接着，唐玄宗又从潞州抵达并州，目的在于向天下"振威耀武"，并将并州改为太原府，升级为"北都"。为了缅怀高祖、太宗晋阳起兵的丰功伟绩，唐玄宗撰写《起义堂颂》，亲书刻石，立于府衙南街。唐玄宗还率领群臣参观了晋阳宫，作诗歌《过晋阳宫》以抒发要将先祖开创业绩发扬光大的志向。

二月，唐玄宗从太原南下晋州（今山西临汾）。然后抵达汾阴（今山西万荣），听从张说建议，祭祀后土坛（祭祀土地神的祭坛，设立于汉武帝时期）。三月，唐玄宗回到长安。八月，唐玄宗以"有司摄事"形式祭祀扩容为"九庙"的新太庙。正是由于太原巡幸和汾阴亲祭得到了上天的惠赐，唐玄宗同年以圜丘亲祀的礼仪回报昊天上帝的恩泽。

唐玄宗上次参加圜丘祭天礼仪还是在唐中宗统治时期，不过当时身份只是郡王。景龙二年（708）四月，李隆基外任潞州别驾。正是在潞州的一年半，李隆基政治上逐渐成熟，萌生了政治野心，这段经历成为其人生的转折点。

景龙三年（709），担任潞州别驾的李隆基接到朝廷命令，即刻启程回京，因为这一年冬至中宗要亲祀圜丘，举行隆重的祭天典礼。届时，在外诸王都要回京参加祭天大典，中宗将大赦天下，流人放还。是年冬，李隆基由潞南二里的金桥返回京师。

李隆基参加中宗圜丘亲祭天地的观感如何？是否惊讶于韦后出任亚献，以及一群贵胄之女担任斋娘？是否萌生登上圜丘亲祀昊天上帝的野心？史无记载，不得而知。但那时的李隆基不乏雄心壮志。武、韦当政，政治腐败，擅权的韦后甚至模仿武后出任祭祀的亚献，夹杂在宗室诸王中的玄宗目睹盛大的祭祀礼仪，深感政治前途的未卜。14 年一晃而过，此时，唐玄宗已经成为盛世雄主，登上圜丘陛道的心情已然今非昔比。

　　开元十一年（723）十一月冬至，唐玄宗在圜丘首次以皇帝的身份亲祀昊天上帝。据唐玄宗所颁布的《南郊赦书》所言，由于（唐玄宗）即位以来，忙于政务，如今已经过了12年。近年来，突厥入寇北边，国内饥馑，因此等待"升平"，而将郊祀一再拖延。如今形势好转，边疆逐渐趋于安定，祥瑞频现[①]，亲祭昊天上帝的时机已经成熟。于是，志得意满的唐玄宗以为"宜以迎日之至，允备郊天之礼，所司详择旧典以闻，十一月戊寅亲祠南郊"[②]。

　　另外，唐玄宗此次圜丘祭祀，只是"郊天"，而非武则天以来的"天地合祭"。由于唐玄宗牢牢掌控政局，可以乾纲独断，已经不存在睿宗时期圜丘祭祀是"郊天"还是"天地合祭"的礼仪之争了。宰相张说担任圜丘亲祭的礼仪使，其修订的隆重礼仪令玄宗荣光无限。至此，唐玄宗终于克服了武周朝后的政治混乱局面，包括武韦之祸、太平公主的敌对，充分确认自己的政权

① ［北宋］王钦若等：《册府元龟》卷八十五《帝王部·赦宥第四》，南京：凤凰出版社，2006年，第934页。
② ［北宋］王钦若等：《册府元龟》卷三十三《帝王部·崇祭祀第二》，南京：凤凰出版社，2006年，第341页。

已经安定下来，在升平时刻到来之际将以与皇帝相称的受命之符祭告上天。①

此次圜丘祭祀后，唐玄宗对政治形势的认识更加自信和乐观，这就为两年后，即开元十三年（725）冬至，在泰山举行规模空前的盛大封禅礼奠定了基础。

值得一提的是，由于唐高宗封禅典礼以文德皇后（高宗之母）配皇地祇，武则天为亚献，越国太妃为终献，宰相张说认为中宗圜丘合祭天地，韦后援引此事充任亚献，结果导致韦后政治野心膨胀，因此，唐玄宗要彻底清除武后、韦后充任亚献的消极影响。最终玄宗封禅大典确定以唐高祖配享天地，邠王守礼为亚献，宁王宪为终献。

为了配合表现盛世气象的一系列礼仪活动的顺利开展，唐玄宗需要一部"稽之可定大疑，循之可行大礼"的法典，而《贞观礼》"节文未尽"，《显庆礼》"事不师古"，都无法满足"盛世"需要。尤其是武则天当政以后，圜丘祭天礼仪被当作政治工具，出现了礼制的紊乱。

① ［日］金子修一：《古代中国与皇帝祭祀》，上海：复旦大学出版社，2017年，第185页。

开元十四年（726），通事舍人王盈上疏修订《礼记》。唐玄宗召集集贤院（唐代禁中图书收集与整理的机构）群臣商议，宰相张说认为，由于《贞观礼》与《显庆礼》"前后颇有不同，其中或未折衷"，希望学士"讨论古今，删改行用"，编撰新的礼仪大典。

至开元二十年（732），历时 6 年，中书令萧嵩改撰的《开元礼》最终完成。关于"吉礼"中的祭天礼仪，有以下规定："祀天一岁有四……冬至，祀昊天上帝于圜丘，高祖神尧皇帝配……正月上辛，祈谷，祀昊天上帝于圜丘，以高祖配，五方帝从祀……孟夏，雩祀昊天上帝于圜丘，以太宗配，五方帝及太昊等五帝、勾芒等五官从祀……季秋，大享于明堂，祀昊天上帝，以睿宗配，其五方帝、五人帝、五官从祀。"[1]

在《开元礼》中，原来孟夏雩祀和季秋明堂[2]祭祀都以五方上帝为对象，现在都以祭祀昊天上帝为主，五方上帝反而变为从祀。

[1] [五代] 刘昫等：《旧唐书》卷二十一《礼仪一》，北京：中华书局，1973 年，第 833—834 页。

[2] 开元五年（717），唐玄宗将洛阳明堂改名为"乾元殿"，彻底废弃了其祭祀功能，后来唐玄宗又有拆毁明堂的想法，但因劳民伤财而作罢。由于唐玄宗不承认洛阳明堂的地位，故，应该在明堂举行的季秋大享都在长安圜丘举行。

《开元礼》的修订完成，使得唐代前期祭天礼仪反复、混乱的局面宣告结束。后世史家对《开元礼》评价很高，"由是，唐之五礼之文始备，而后世用之，虽时小有损益，不能过也"[1]，又认为"自汉以后千余年间，为注家所惑，郊丘天帝配位乖舛互异，至不可究诘……至《开元礼》成而大典秩如矣。后世虽有所损益，然大纲率不外此，是古今五礼一大关键也"[2]。玄宗朝修订的《开元礼》成为唐代乃至后世祭天之礼的典范，之后祭天之礼再无大的更改。

从开元十一年（723）任用张说为相开始，唐玄宗开始热衷于用各种祭祀礼仪粉饰太平盛世，在政治上逐渐懈怠，一步步走向昏庸。天宝年间的圜丘祭祀在崇道的氛围中举行，同时又恢复了武则天时期的"天地合祭"形式，并对后世产生了深远影响。

李唐建立之初就追尊道教祖师老子为先祖，很多皇帝崇奉道教。唐高宗追封老子为"太上玄元皇帝"，设庙祭祀。武则天建立武周，将老子庙废弃。

[1]［北宋］欧阳修，宋祁等：《新唐书》卷十一《礼乐一》，北京：中华书局，1975年，第309页。
[2]［清］秦蕙田：《五礼通考》卷六《吉礼·圜丘祀天》，影印文渊阁《四库全书》本，第135册，第317页。

唐中宗复辟后称老子为"玄元皇帝"。从开元末年开始，唐玄宗狂热崇奉道教，热衷炼丹之术，羡慕长生、飞升，"崇道"成为这一时期的时代主题。

公元 742 年正月，玄宗因"函谷宝符（据说是老子所赐灵符），潜应年号"为由，正式改元"天宝"。此次改元具有浓重的道教色彩，但是玄宗并没有改变开元晚期的弊政，反而统治更加腐朽。唐玄宗在长安设置老子庙，即玄元皇帝庙，旋即改为玄元皇帝宫。次年三月，唐玄宗亲祀玄元皇帝庙以册尊号。长安玄元皇帝庙改称"太清宫"，洛阳玄元皇帝庙称为"太微宫"，天下诸郡老子庙改为"紫微宫"。

天宝元年（742），二月辛卯，唐玄宗亲享玄元皇帝于新庙；甲午，亲享太庙；丙戌下诏："凡所祭享，必在躬亲。朕不亲祭，礼将有阙。其皇地祇宜就南郊乾坤合祭。"①二十日丙申，玄宗至圜丘合祭天地。

天宝四载（745），太清宫有道士奏称老子显灵，说玄宗为"上界真人，令侍吾左右"，于是"置（玄宗）玉石真容，

---

① ［北宋］王钦若等：《册府元龟》卷三十三《帝王部·崇祭祀第二》，南京：凤凰出版社，2006 年，第 344 页。

侍圣祖（老子）左右”，受到天下人顶礼膜拜。天宝六载（747），正月丁亥，亲享太庙；十二日戊子，玄宗再次亲祀圜丘，并祭祀皇地祇，仍然采用天地合祭的形式。同时，玄宗大赦天下，“除绞、斩刑，但决重杖”。

天宝七载（748）三月，据说兴庆宫大同殿柱上长出“玉芝”，群臣上尊号，称赞皇帝圣德与祥瑞符应。次年六月，唐玄宗亲谒太清宫。天宝九载（750）十一月，唐玄宗下诏：“自今告献（临时祭祀）太清宫及太庙改为朝献（亲祭）。”[1]天宝十载（751）正月，八日亲祭太清宫，九日亲祭太庙，十日至南郊合祭天地。

至此，唐代皇帝太清宫—太庙—南郊的连续“亲祭”的形式被固定下来。这种祭祀方式扩展了祭祀的空间，有利于吸引民众的关注，使得祭祀与普通民众联系起来。另外，天宝年间玄宗的3次圜丘祭祀往往与道教祥瑞有关，具有浓郁的道教色彩。正如武则天将明堂大享作为其最隆重的政治活动，圜丘祭天被取代，唐玄宗将太清宫谒庙作为崇道的新内容，圜丘祭天则是唐玄宗崇道的附属活动。

[1][五代]刘昫等:《旧唐书》卷九《玄宗下》，北京：中华书局，1973年，第224页。

还需要注意的是，唐玄宗并没有严格遵守《开元礼》所规定的南郊祭天、北郊祭地的传统，而是在圜丘亲祀中恢复武则天以来的"天地合祭"形式，并从制度上予以确定。唐玄宗此举，一方面是因为"天地合祭"同时祭祀昊天上帝和地祇，一举两得，可以减轻国家的经济负担，避免耗费皇帝精力。还有传统上南郊祭天、北郊祭地，实际上皇帝很少亲自"郊地"，造成礼仪的欠缺，因此"天地合祭"更能体现皇帝至高无上的权力。同时，不可否认，武则天开创的唐代"天地合祭"影响较大，得到唐代礼制官员的普遍认同。另一方面是唐玄宗时期通过"不立皇后"的方式基本解决了后宫干政的问题①，

①黄永年在《说唐玄宗防微杜渐的两项新措施》（《燕京学报辑刊》2003年第15期）一文中认为唐玄宗不再立专宠者为后，防止武后、韦后"复生"。李文才在《史论唐玄宗的后宫政策及其继承——〈太平广记〉卷二百二十四"杨贵妃"条引〈命定录〉书后》（《北华大学学报》2007年第2期）一文中认为唐玄宗以不设皇后来防止后宫干政。事实上，唐玄宗并非一开始就"不立皇后"，而是形势使然。王皇后无子，其兄为其搞"符厌之事"而求宠，鼓励"（王皇后）当与则天皇后为比"，于是王皇后被废而卒。唐玄宗宠爱武惠妃20余年，由于大臣以"武氏乃不戴天之仇"相告诫，始终未立武惠妃为皇后。即使集"三千宠爱在一身"的杨贵妃，玄宗也并未立其为皇后。尽管杨贵妃一族"杨氏五宅"，生活奢侈腐化，显赫一时，但始终未能参与中央决策。宰相杨国忠虽依靠杨贵妃发迹，但玄宗看重的并非其与杨贵妃的宗亲关系，而是其理财方面的能力。

武则天以来的"天地合祭"与"女主擅权"的联系"脱钩"。正是由于上述原因，唐代皇帝在圜丘合祭天地中再次出现，并对后代王朝产生了深远影响。

第四章

唐代后期皇帝与圜丘祭祀

安史之乱严重削弱了唐王朝，肃宗、代宗通过圜丘祭天稳定了唐王朝。唐德宗 4 次圜丘亲祀反映了建中到贞元的政治变迁，他还对唐圜丘祭天礼仪进行了改革。唐文宗即位 3 年后，为平定沧景之乱而特意举行圜丘亲祀。武宗会昌五年（845）的圜丘祭天是为了表彰其内定泽潞、外平回鹘的武功而举行，并为后来的灭佛运动奠定了基础。唐昭宗即位翌年按惯例亲祀圜丘，龙纪元年（889）的祭祀成为唐代圜丘祭天的「绝响」。唐哀帝天祐二年（905）亲郊一再拖延，最终在朱全忠的粗暴干涉下放弃，唐代祭天彻底终结。整体而言，唐代后期的帝王更加重视圜丘祭天，其与政治的联系更加紧密，成为强化皇权、增加帝王政治影响力的有力手段。

第一节

拨乱反正——唐肃宗、代宗与圜丘祭天

唐肃宗收复两京后，恢复了唐王朝的统治。乾元元年（758）四月，肃宗为了配合新太庙的恢复，亲祀圜丘昊天上帝。上元二年（761）十一月，在安史叛军败亡前夕，肃宗恢复了玄宗太清宫—太庙—圜丘的祭祀形式。唐代宗即位后，平定了安史之乱，清除了敌对宦官势力，于广德元年（763）为巩固太子地位而特意到圜丘祭祀昊天上帝。

就在唐玄宗委政宰相杨国忠，沉溺于道教长生不老、羽化飞升的迷梦中不能自拔之际，天宝十四载（755）十一月九日，身兼河东、范阳、平卢三镇节度使的安禄山统领15万大军，以讨杨国忠为名，在范阳蓟城（今北京西南）起兵反叛。当时唐王朝承平日久，数十年没有兵戈，听闻安禄山铁骑南下，河北各地唐军多望风而降。同年十二月，安禄山占领东都洛阳。

天宝十五载（756）正月初一，安禄山在洛阳称帝，建立大燕。同年六月，唐玄宗拒绝郭子仪、李光弼提出的坚守潼关，出兵北取范阳，令安史叛军首尾不能相顾的建议。唐玄宗急于收复洛阳，强令镇守潼关的陇右节度使哥舒翰率军东出，与安史叛军决战。

九日，哥舒翰全军覆没，潼关失守，长安告急。十三日黎明，唐玄宗带着太子李亨、杨贵妃姐妹、杨国忠、高力士等少数亲信，踏上前途未卜的逃亡之旅，将宗庙祭坛抛弃。由于皇帝不辞而别，长安城陷入一片混乱，王公、士民纷纷逃窜。山谷细民争相入宫，盗取金宝，甚至有人骑驴上殿。

次日中午，玄宗君臣抵达马嵬驿（今陕西兴平马嵬村），饥疲不堪的扈从六军发动兵变，诛杀杨国忠，逼玄宗缢杀杨贵妃。随后，玄宗决定入蜀。太子李亨与玄宗分道扬镳，北上灵武（今宁夏吴忠西），擅自称帝，是为唐肃宗。

唐肃宗李亨是唐玄宗的第三子，为杨氏庶出。开元二十六年（738），玄宗废杀前太子李瑛。唐玄宗为避免武惠妃母子势力膨胀，舍弃武惠妃所生的寿王李瑁，而立李亨为太子。李亨并非玄宗理想的太子人选，得不到应有的庇护，因此受到宰相李林甫及后来的杨国忠的屡次迫害。

天宝五载（746），李林甫党羽弹劾太子妃之兄韦坚交接边将，试图借此牵连太子。尽管玄宗撇清了太子李亨与此案的干系，只惩治了韦坚等人，但李亨不得不与生活多年的韦妃"离婚"。接着，杜良娣之父杜有邻又因"妄称图谶，交接东宫，指斥乘舆"而获罪，牵连众多，很多官员被审讯、关押，甚至死于重杖之下。太子李亨受此牵连，地位岌岌可危，不得不又与杜良娣"离婚"。在李林甫陷害太子时，杨国忠作为帮凶，屡兴大狱，前后株连与太子有关官员数百人。由于太子李亨与杨国忠之间存在宿怨，他可能参与了陈玄礼等发动的马嵬驿兵变，借机诛杀杨国忠，但没有证据证明其是整个马嵬驿兵变的"总后台"。

另外，由于唐玄宗纵容李林甫、杨国忠等对太子李亨不断进行的政治迫害，致使父子间出现深深裂痕。此时杨国忠被诛杀，杨贵妃被缢杀，唐玄宗受到沉重打击，正是太子另立山头的良机，这是玄宗父子在马嵬驿分道扬镳的重要原因。

尽管安史叛军占领两京，但其统治者并无大志，反而更加腐化和堕落。安禄山称帝后，一直坐镇洛阳，过着荒淫的生活。至德二载（757）正月，安庆绪指使宦官杀死双目失明的安禄山，即皇帝位。安庆绪更加残暴，日夜纵酒为乐。安史叛军的内乱，为肃宗收复两京创造了条件。唐肃宗获得郭子仪朔方军的拥护，集结兵力进驻凤翔，计划收复两京。九月，唐朝15万大军在香积寺大败安史叛军，收复长安城。十月，郭子仪在回纥骑兵的援助下，收复了沦陷一年又十个月的东都洛阳。

长安失陷一年有余，整个城市遭到安史叛军的严重破坏。收复长安后，肃宗并没有马上入城，而是先令"洒扫宫阙"，对长安宫殿进行整修、清理。一个月后，肃宗才进入修缮后的长安城。肃宗返回长安后的首要任务是恢复被安史叛军损毁的李唐王朝的象征——太庙。肃宗在玄宗创立的九庙废墟前，素服哭庙三日。当初在彭原（今甘肃庆阳西）时，肃宗就对太庙被毁早有准备，令人采栗木备之。很快，九庙神主制作完成，暂时安置于长安殿。肃宗为此特意举行了亲享活动，念及两京沦陷，流涕呜咽，令左右为之动容。乾元元年（758）四月十日，新九庙落成，肃宗准备法驾、卤簿，率领王公、百官从长安殿迎九庙神主进入太庙。

四月十三日，肃宗亲享新九庙。同日，肃宗还第一次登临圜丘祭祀昊天上帝。据《册府元龟》卷二十五《帝王部·符瑞第四》记载，圜丘祭天当天有景云（祥云）出现于太阳之南，从卯时到辰时，久久才散去。很快，朔方军报告大破安史叛军。由于处于非常时期，时间仓促，肃宗的太庙亲享与圜丘祭天礼仪从简，只用一天时间就完成，当天就回宫了。这次临时的圜丘亲祀是为了配合李唐新太庙落成而举行的，肃宗向昊天上帝祭告李唐收复两京，并重建太庙，标志着李唐正常统治秩序的恢复，并因此确立了肃宗大唐皇帝的地位。

收复两京后，肃宗忙于迎接玄宗还京、重建太庙、圜丘祭天等事务。而在河南、河北战场，唐军与安史叛军的激烈战争仍然持续着。

乾元元年（758）九月，肃宗令朔方节度使郭子仪、河东节度使李光弼等9名节度使共率20万大军围困邺城（今河南安阳）安庆绪。十二月，叛将史思明率 13 万大军从范阳救援邺城。

乾元二年（759）三月，唐军与史思明部相持不下，伤亡惨重，最终唐军大败。史思明解邺城之围，杀安庆绪，返回范阳，自称"大燕皇帝"。九月，史思明率军攻陷汴州，占领东都洛阳。洛阳再次沦陷，令肃宗极度不安，甚至声言御驾亲征。

上元二年（761）二月，李光弼、仆固怀恩大败于洛阳邙山。唐廷大为恐慌，增兵陕州，以防备史思明率叛军入关。三月，史思明为其子史朝义所杀，叛军内部离心，屡为唐军所败。尤其是史朝义密令诛杀范阳史朝清等，导致范阳城叛军内讧，死亡数千人，史朝义不能控制洛阳周边的安禄山旧将，叛军分崩离析，大势已去。

上元二年（761）九月，肃宗为了表达不慕虚礼、遵从古制的态度，去掉尊号、年号，并规定以建子月（十一月）为岁首。据《册府元龟》卷三十四《帝王部·崇祭祀第三》记载，为了彰显对上天、祖先的赤诚之心，肃宗在十一月举行了一系列祭祀活动：己酉，献太清宫（老子庙）；庚戌，享太庙、元献庙（肃宗母亲元献皇后之庙）。十二月（建丑月）初一，肃宗亲祀圜丘、太一坛。此次祭祀活动发生在安史叛军即将败亡的前夕，是安史之乱中唯一一次正规的圜丘祭祀礼仪，在形式上仍然沿袭玄宗确立的太清宫—太庙—圜丘的亲祭形式。肃宗在圜丘祭祀昊天上帝的同时，还祭祀了太一神①，两场祭祀在同一天完成。

　　圜丘亲祭后 4 个月，即宝应元年（762）四月（建巳月），太上皇李隆基病重而崩，肃宗也病情加重。围绕皇位的政治斗争渐趋白热化。唐肃宗为太子时，为免于政治迫害，曾两次与妃嫔"离婚"。安史之乱中，玄宗指派的张良娣随侍肃宗左右，常为其出谋划策，并居肃宗前以待不测。张良娣产子三日，就为军士缝纫战衣。张良娣与肃宗患难与共，做事周全，不辞辛劳，令其深受感动。

　　乾元元年（758），肃宗册立张良娣为皇后。张皇后的政治野心逐渐膨胀，她与专权宦官李辅国勾结，干预政事。尽管肃宗对张皇后干政极为不满，但也无可奈何。太子

① "太一神"又被尊称为"九宫贵神"，五方上帝与其相配，拥有除灾、布雨、退兵、避乱等功能，唐代后期的祭坛位于圜丘旁。

李豫为肃宗长子，随肃宗到灵武后，任天下兵马元帅，有收复两京之功。

乾元元年（758），李豫被肃宗立为太子。因肃宗第三子建宁王李倓被张皇后构陷而死，太子李豫常忧惧不安，因此对张皇后极为恭敬、顺从。当时，张皇后因自己儿子年幼，无法取代太子李豫，但又担心李豫战功卓著，称帝后无法控制，于是暗将越王李係（肃宗次子）召入宫中，试图取代太子李豫。十六日（乙丑），张皇后矫诏病重的肃宗要召见太子。与张皇后决裂的宦官李辅国、程元振已知悉其阴谋，派禁军等候在凌霄门。

太子李豫到达凌霄门后，程元振就将其带到飞龙厩保护了起来。当晚，程元振等率领禁军，将越王係及听命张皇后的内官朱光辉、马英俊等囚禁，又将张皇后软禁于别殿。肃宗死后，程元振等迎接太子李豫于九仙门，召见群臣，履行监国之礼。二十日（己巳），太子李豫即皇帝位于肃宗灵柩之前，是为代宗。

唐代宗即位后，鉴于肃宗的经验和教训，对立后与建储两事格外重视。

首先，代宗不再立后。由于接连遭遇武则天、韦后、安乐公主等擅政弄权，玄宗废掉王皇后之后就没有册封皇后，尽管他后来对武惠妃、杨贵妃宠爱有加，都没有给予"皇后"的称号。安史之乱中，肃宗册立张良娣为皇后，未料其又是野心家，勾结宦官李辅国干预朝政。如果不是张皇后与宦官集团矛盾加剧，太子李豫险些被废。唐代宗宠爱独孤贵妃，死后累年不葬，只欲朝夕视之。而德宗生母沈氏，安史之乱中失踪，千方百计寻访不得。独孤贵妃和沈氏生前都不曾册立为后，只是死后追赠。尽管代宗不立皇后有其客观原因，但防止后宫干预政治是最重要的原因。代宗不册立皇后，为唐代后代帝王所效仿，故马端临在《文献通考》卷二百五十二《帝系考三》中言："唐自肃宗张后之后，未尝有正位长秋者。史所载皇后，皆追赠；其太后，则皆所生子为帝而奉上尊号者也。"

其次，要尽快确立太子。肃宗和代宗当太子时都备尝艰难和苦痛，承受了巨大的心理压力。因玄宗纵容，李林甫、杨国忠等多次陷害肃宗，其不得不两次"离婚"。代宗为太子时，由于肃宗软弱，张皇后与宦官李辅国勾结擅权，险些被废。因此，35 岁的代宗即位后，次年就册封了太子。

唐代宗即位后，首要任务是彻底消灭已经濒于溃败的安史叛军。为了提升长子雍王李适的威信，代宗任命年仅 20 岁的雍王李适为天下兵马元帅，仆固怀恩为副元帅，率军 10 万进攻史朝义盘踞的洛阳。史朝义屡战屡败，损失惨重。十一月，史朝义率轻骑数百逃离洛阳，洛阳光复。宝应二年（763）初，史朝义逃到范阳，范阳守将李怀仙已经投降唐王朝，史朝义走投无路而被迫自杀。安史叛军余部投降，历时 8 年的安史之乱结束。同时，代宗以果决手段解决了宦官李辅国、程元振的擅权问题。此前因拥立代宗有功，宦官李辅国更加跋扈，曾言，"大家（皇帝）但居禁中，外事听老奴处分"。不久，代宗利用程元振与李辅国之间的矛盾，削夺李辅国禁军指挥权。当年十月，有刺客杀李辅国，携其首与右臂而去，据说为代宗指使。

唐代宗最终平定了安史之乱，并消除敌对宦官集团的政治威胁，于是册立太子就成为重中之重。代宗在即位后的第二年即广德二年（763）举行了一系列亲祭活动，就是为了配合二月册立太子（德宗）而举行的。[1]二月初一（己巳）朔，册封天下兵马元帅、尚书令、雍王李适为皇太子。紧接着，同月初五（癸酉），代宗亲自荐献太清宫、太庙，将原来两天的礼仪活动合并为一天。初七（乙亥），代宗于圜丘亲祀昊天上帝。值得注意的是，代宗此次圜丘之行，专门祭祀昊天上帝，并没有采用"天地合祭"的形式。同月二十日（戊子），代宗下诏，令有关部门专门祭祀五岳、四渎、名山大川。此后，代宗再没有举行圜丘亲祀，只是在大历五年（770）、七年（772）、八年（773）、十一年（776）、十三年（778）冬至命令以"有司摄事"形式祭祀昊天上帝。

由于安史之乱的爆发和延续，李唐的圜丘祭祀活动具有了特殊的意义。肃宗即位后两次圜丘亲祀，一次是为了配合新建成的九庙迎神主的祭祀活动；另一次则按照玄宗朝太清宫—太庙—圜丘亲祭形式举行，标志着李唐政权的稳固。代宗即位次年为了配合册立太子的大典，也举行了在位的唯一一次太清宫—太庙—圜丘亲祭活动。

[1]［日］金子修一：《古代中国与皇帝祭祀》，上海：复旦大学出版社，2017年，第142页。

第二节
危亡之秋——唐德宗与圜丘祭天

对于唐代大多君主而言，太子时代总不免磨难和凶险。唐德宗则比较幸运，原因在于代宗的呵护与关爱，为其继承帝位早早做好了准备。

宝应二年（763），代宗即位伊始，就令年仅20岁的雍王适出任天下兵马元帅。统帅郭子仪、李光弼等平定了安史叛军，从而轻松获得"图形"凌烟阁的荣耀。

从广德元年（763）雍王适被册立为太子到大历十四年（779）即位的16年间，德宗的太子时代在史书记载中基本缺如，没有阴谋权诈和刀光剑影，完全没有经历如肃宗、代宗噩梦般的艰难岁月。然而，正是由于代宗的过分呵护，未经历磨难、38岁才即位的德宗尚保持了过多"血气之勇"，统治方式较为激进，将李唐王朝带入了危亡之地。唐德宗勤于政事，在位期间曾4次亲祭圜丘，是唐代后期最热衷和重视祭祀的皇帝。德宗还将圜丘亲祭制度化，确立即位次年举行圜丘亲祭的制度，受到后代帝王的效仿。

唐德宗即位后，强明自任，积极有为，即位第一年就进行大刀阔斧的改革，将军权牢牢掌控在手，清除弊政，改变了代宗以来的"姑息"政治，使唐王朝出现中兴气象。

德宗尊郭子仪为"尚父"，封其为太尉兼中书令，罢其所领副元帅等职，实际上是削夺了郭子仪的兵权。他又令朔方军将领李怀光、常谦光、浑瑊等分领诸军，将朔方军分而治之。他还加强对地方节度使的控制，召"恃地险兵强，恣为淫侈"的西川节度使崔宁入朝，令其留居京师。

德宗还提倡节俭，停止诸州府岁贡珍禽异兽，下令将文单国（今老挝）所献舞象放归荆山之阳；裁撤了梨园使及伶官，放出宫女百余人。他一改代宗宠任宦官、疏远朝臣的做法，严厉惩治不法宦官的胡作非为。

此外，德宗还改变了代宗以来与吐蕃的长期敌对关系，派韦伦出使吐蕃，遣返被扣押的吐蕃使者。

德宗建中元年（780）正月，刚刚即位不到一年的德宗举行了一系列祭祀活动。己巳（初三），德宗朝拜太清宫。庚午（初四），拜谒太庙。辛未（初五），至圜丘亲祀昊天上帝。当晚德宗回宫，大赦天下，颁布了历史上著名的"两税法"。在圜丘祭天中，德宗萌生了更大的政治目标，那就是用武力荡平拒命的藩镇，重振唐王朝权威。未曾料想，战端一旦轻易开启，局势就非德宗所能操控，腥风血雨难以止息。

德宗在不断内政革新后，将视野聚焦于强大的藩镇势力，试图用武力解决安史之乱以来的藩镇问题。

建中二年（781），成德节度使李宝臣死，其子李惟岳秘不发丧，请求朝廷以其为"留后"。藩镇父死子继的惯例，被强硬的德宗断然打破。此时，汴州城需要扩建，得到德宗批准，因此有流言称朝廷将讨伐拒命藩镇，淄青、魏博两镇即刻兵临汴州。德宗态度强硬，积极部署兵力，削平成德、淄青、魏博三镇的战争遂起。

　　建中三年（782），成德李惟岳兵败被杀，唐军取得重大胜利。但德宗瓜分成德辖地失策，招致卢龙镇的不满，于是幽州朱滔又联合魏博田悦、淄青李纳和淮西李希烈等举兵反叛。建中四年（783），淮西李希烈围攻襄城（今河南襄城），东都洛阳告急。情急之下，德宗紧急抽调长安西北泾原兵5000人赴援。十月，由于朝廷缺乏赏赐，还用糙米犒军，泾原军哗变。叛军占领长安，推戴原泾原节度使朱泚为帝。德宗逃到奉天（今陕西乾县），被叛军围攻一月之久。正值唐室危亡之际，朔方节度使李怀光率军5万回援奉天，德宗得以转危为安。

　　同年正月，德宗颁布"兴元赦书"，以罪人自居，反躬自省，赦免了除朱泚外的所有参与叛乱的节度使。幽州朱滔等拒命节度使相继表示归顺朝廷，德宗的削藩战争彻底失败。内乱仍在继续，德宗出于对朔方军节度使李怀光的猜忌，逃亡到梁州（今陕西汉中），李怀光也率军"出走"河中（今山西永济）。

　　兴元元年（784）四月，神策军将领李晟率部消灭朱泚叛军，收复长安。秋七月，德宗流亡10个月后返回京城。

唐德宗回到长安后，河中的李怀光军仍然势力强大，令其不安。七月，德宗派给事中孔巢父宣慰河中。李怀光纵容亲信杀孔巢父，与朝廷关系彻底破裂。德宗命侍中浑瑊率军从同州（今陕西大荔）自西向东；河东节度使马燧率军3万自北向南，合兵逼近李怀光盘踞的长春宫（今山西永济境）。贞元元年（785）四月，马燧、浑瑊掘堑壕包围长春宫城，李怀光部将领相继投降。当时，战争连年，战后又接连出现旱灾、蝗灾，粮食匮乏。七月，马燧许诺一月讨平李怀光。德宗取消一切不必要开支，全力支持平叛。十日，马燧、浑瑊率军等逼近河中焦篱堡（今山西永济北），再下西城。李怀光走投无路，自缢身亡。马燧斩杀了阎晏等7名首犯，朔方军余部1.6万人投降，叛乱被平定。马燧从立誓到平叛仅用27天，实现了其诺言。

德宗削藩战争失败，"奉天之难"有惊无险，最终光复长安，使唐王朝转危为安。同时，德宗不畏困难和阻力，彻底解决了长期以来强大的朔方军对唐廷的军事威胁。

贞元元年（785）十一月癸卯冬至，德宗圜丘亲祭昊天上帝，标志其解除了建中以来的政治和军事危机，统治回到了正轨。河中浑瑊、泽潞李抱真、山南严震、同华骆元光、邠宁韩游瑰、鄜坊唐朝臣、奉诚康日知等将领和节度使陪祀。他们或在"奉天之难"和平定李怀光战役中功勋卓著，或是听命于唐廷的藩镇节度使，众多将领的参与显示了这场祭祀的特殊意义。祭祀完毕，德宗还宫，登上丹凤楼，大赦天下。

贞元以来，唐德宗一改建中年间疏远宦官、亲近朝官的策略，开始"亲信宦官，疏远朝官"。德宗流亡期间，宦官窦文场、霍仙鸣等一直护卫左右，使德宗改变了对宦官的看法。贞元后，德宗委任亲信宦官出任禁军统帅，不断加强其军力和特权。由于朱泚、李怀光等的不忠，导致德宗对朝官极为警惕，频繁更换宰相。德宗在意识到无法简单通过武力解决藩镇问题后，对藩镇的认识趋于理性，对拒命藩镇实行量力而行，能制则制，不能制则暂且"姑息"的政策①，竭力避免唐廷与藩镇之间的军事冲

①刘玉峰：《唐德宗评传》，济南：齐鲁书社，2002年，第61页。

突。另外，德宗贞元年间由于连年自然灾害导致严重的财政问题，唐王朝与吐蕃之间的关系也日趋恶化，双方爆发了激烈战争。

德宗本来是一个崇尚节俭的皇帝，即位之后就禁止地方向中央贡献珍禽异兽。但接连进行了建中削藩、奉天之难、对李怀光的河中之战以及和吐蕃的边疆战争，战争消耗和破坏巨大。尤其是拒命藩镇阻断漕运，使唐王朝的财政雪上加霜。战争之后又是连年的旱灾、蝗灾和水灾，如兴元元年（784），"蝗蝗蔽野，草木无遗"，导致关中经济遭到严重破坏，国家财政陷于崩溃。

到了贞元二年（786），唐王朝财政继续恶化。"关中仓廪竭，禁军或自脱巾呼于道曰：'拘吾于军而不给粮，吾罪人也！'"[1]昔日因犒赏不足导致"泾源兵变"的可怕情形历历在目，禁军哗变更是非同小可。贞元六年（790），关中春无雨，到了闰四月才下了第一场雨，同时，"淮南、浙东西、福建等道旱，井泉多涸，人渴乏，疫死者众"。在这种紧急

[1] ［北宋］司马光：《资治通鉴》卷二百三十二《德宗贞元二年》，北京：中华书局，1976 年，第 7589 页。

局面下，德宗更需要开源节流，不得不节俭，甚至"御膳之费减半……飞龙马减半料"。

由于连年自然灾害导致的巨大的财政压力，德宗连圜丘祭天所需的物品和食物也不能提供。

贞元六年（790）九月，德宗下诏，十一月八日将祭祀南郊和太庙，随祀官员、将士等要自备食物。诸司没有"公厨"（公共厨房）的，以本司"阙职物"补充。对于参加祭祀的王府官员，度支要酌量提供粮食。祭祀所需要的仪仗、礼物，御史要监督厉行节约。十月，德宗又言："朕因为春夏干旱，粟麦没有丰收，朕精诚祈祷，天降甘霖，现在已经获得丰收，就要告谢郊庙。"[1]

可见，此次圜丘亲祭是为了答谢上天在春夏时德宗求雨后，降下了甘霖。十一月八日冬至，德宗圜丘亲祭昊天上帝，以皇太子李诵为亚献，亲王为终献。当天德宗礼毕还宫，登上丹凤楼宣布赦文，被监禁囚徒减罪一等。参与祭祀的立仗将士及诸军兵，赐帛 18 万段。

德宗贞元年间，爆发了与

---

[1]［五代］刘昫等：《旧唐书》卷十三《德宗下》，北京：中华书局，1973 年，第 370 页。

吐蕃的旷日持久的战争。建中年间，德宗为了避免与藩镇（东方）、吐蕃（西方）两线作战，与吐蕃进行了"清水会盟"，唐王朝放弃了安史之乱中实际已经丧失的河陇地区大片领土，相互承诺在边境不构建军事设施。

贞元以来，吐蕃大举入侵唐朝边境，威胁长安。贞元二年（786），吐蕃尚结赞率军大举入侵，直逼长安，令德宗大为恐慌。次年又发生了"平凉劫盟"，吐蕃背信弃义，导致唐廷官员60余人被俘，500士卒被杀。贞元三年（787），德宗采纳李泌所提出的"北和回纥，南通云南"以遏制吐蕃的策略。之后，德宗通过和亲，改善与回纥的关系。贞元六年（790），回纥为了收复北庭，与吐蕃进行决战，结果回纥战败，但缓解了吐蕃对唐王朝的威胁。次年，回纥出兵援助灵州抗击吐蕃的唐军，取得胜利。贞元九年（793），剑南节度使韦皋与南诏达成协议，于是就有了后来的点苍山会盟，双方联合起来进攻吐蕃。到贞元九年（793），德宗基本遏制了吐蕃对唐王朝的攻势。

正是在遏制吐蕃对唐王朝攻势的背景下，德宗再次举行了太清宫—太庙—圜丘的一系列祭祀。

贞元九年（793）十一月癸未，德宗朝献太清宫。完毕之后，宿斋于太庙行宫。甲申，亲祭太庙。完毕之后，宿斋于南郊行宫。乙酉，日南至（冬至），德宗亲郊圜丘。当日还宫，登丹凤楼，下制："朕以寡德，祗膺大宝，励精理道，十有五年。夙夜惟寅，罔敢自逸，小大之务，莫不祗勤。皇灵怀顾，宗社垂佑，年谷丰阜，荒服会同，远至迩安，中外咸若。永惟多佑，实荷玄休。是用虔奉礼章，躬荐郊庙，克展因心之敬，获申报三之诚。"[①] 制书的意思是德宗已经在位 15 年，勤于政事，时刻不敢懈怠。当今五谷丰登（解决了严重的财政危机），外族宾服（遏制了强大的吐蕃），内外一心，因此亲祭太庙、南郊，表达自己的虔敬之心。

另外，德宗是个虔诚的帝王，对圜丘祭天极为重视，对祭天礼仪做出了具体规定。贞元元年（785），德宗采纳博士柳冕建议，严格遵循开元时期所制定的《开元礼》，摒弃了天宝年间玄宗的礼制革新。同时规定，因为"五方上帝"只是上

① ［五代］刘昫等：《旧唐书》卷十三《德宗下》，北京：中华书局，1973 年，第 377-378 页。

古哲王，并非神灵，天子祭祀五方上帝，自然不需"称臣"，这样昊天上帝就成为唯一的天神，也抬高了天子的地位。

同时，德宗对于祭天的斋戒礼仪，以及祭天中的陈设等都进行了规定，即："初，帝以是岁有年，蛮夷朝贡，思亲告郊庙。于祀事尤重慎，及将散斋，谓宰臣曰：'在祀，散斋归正寝，摄心奉祀，不可闻外事，其常务勿奏。'乃斋于别殿。及命皇太子诸王行祭者皆受誓一日，命妃媵辞于别所。故事（旧日的制度）：祈坛宫庙内坛及殿庭帝步武所皆设黄道褥，坛十一位又施赤黄褥，将有事，皆命撤之。又故事：设御史版立于郊庙，咸藉以褥，及是帝虔裎拜首于地，有司奉祠者莫不惕厉。"[1]

德宗之后的唐代帝王一般都在即位翌年举行一系列的祭祀活动，圜丘系列祭祀作为新帝即位的重要仪式被确定下来。如宪宗元和二年（807）正月三日辛卯、穆宗长庆元年（821）正月四日、敬宗宝历元年（825）正月初

[1]［北宋］王钦若等：《册府元龟》卷三十四《帝王部·崇祭祀第三》，南京：凤凰出版社，2006年，第352页。

七举行圜丘亲祀，都遵循了这一规则。而且，皇帝在亲郊当天一般都要发布具有施政方针意义的赦文。德宗之后的新帝改元一般都在其即位翌年的正月初一进行，与圜丘祭祀相联系。

需要指出的是，德宗的继承人——唐顺宗李诵即位已经 44 岁。长达 25 年精神压力巨大的太子生活，使得太子李诵极为抑郁，健康受损。自贞元二十年（804）九月，李诵就患中风，"不能言"。德宗病重期间，太子也无法侍奉左右。永贞元年（805）顺宗让位，自称太上皇。唐顺宗在位仅有 8 个月，次年正月去世。因此，顺宗即位后无法圜丘亲祭也情有可原。由于宪宗、穆宗、敬宗都在即位翌年举行一系列祭祀活动，比较模式化，圜丘祭天的特殊性和政治内涵被严重淡化。

第三节
横海乱平——唐文宗与圜丘祭天

　　唐文宗李昂，本名李涵，为唐穆宗次子，唐敬宗之弟，母亲为贞献皇后萧氏。文宗的长兄敬宗即位时还是个15岁的孩子，喜好声色，怠于政事。敬宗崇信佛道、方术，游乐没有节制，热衷于摔跤和马球。他脾气暴躁，喜怒无常，左右稍有过失，就要鞭笞、流放，令众人惶恐不安。宝历二年（826）十二月初八夜，敬宗游猎归来，又与宦官、马球将等纵酒狂欢。当敬宗入室更衣时，被宦官刘克明指使马球将苏佐明所杀。宦官枢密使王守澄、右神策军护军中尉梁守谦及朝臣裴度，密谋拥立江王李涵，诛杀刘克明、苏佐明等。十二日，江王李涵即皇帝位于宣政殿。

　　唐文宗即位后，一改敬宗弊政。大力提倡节俭，革除奢靡之风；释放内廷宫人3000人，裁汰冗员千余人；

解散"五坊"鹰犬；贯彻"两税法"，取消非正常上贡和进奉；还规定王公贵族、百官服饰、车马、住宅制度，力戒过度奢华。唐代苏鹗的《杜阳杂编》卷中记载，文宗曾言，"若不甲夜视事，乙夜观书，何以为人君"。他宵衣旰食，勤于政事，恢复单日上朝制度，延英召对也很晚结束。文宗重视官员选拔，规范铨选程序，破格选拔有德行、有能力者为官。

唐文宗即位后，因为被"伐叛"之事耽搁，并没有按照德宗确定的惯例，即于即位翌年——大和元年（827）举行太清宫—太庙—圜丘亲祀的一系列祭祀。文宗即位次年就发生了沧景之乱，历经3年苦战，才平定了叛乱。正是这场战争延迟了圜丘亲祭活动，但也可以说圜丘亲祭是为了庆祝平叛战争的胜利，感谢上天的庇护。

文宗即位后，对藩镇态度较为强硬。大和元年（827），忠武节度使王沛去世，文宗直接任命太仆卿高瑀继任。代宗以来，节度使一般出自禁军，朝官很少出任。文宗此举表明他改变了传统的藩镇策略。横海镇设立于德宗贞元二年（786），是唐廷牵制河北藩镇的重要据点，对唐王朝具有重要意义。同时，横海镇也为河朔三镇所不容，因此只有依附唐廷才有存在的可能。尽管横海镇一般比较顺从，但有时也效仿河朔三镇，谋求父死子继，试图独立。

敬宗宝历二年（826），辖沧、景、德、棣四州之地的横海节度使李全略死，其子李同捷未经朝廷允许，窃取兵权，擅自代立。李同捷一再表示效忠唐廷，希望以此换取文宗的承认。

大和元年（827）五月，唐文宗任命天平节度使乌重胤为横海节度使，任命李同捷为兖海节度使。李同捷以将士挽留为由，拒绝就任。八月十一日，文宗撤销李同捷所有官职和爵位，下诏出兵讨伐。

文宗为了获得河朔三镇对讨伐李同捷的支持，加赐魏博节度使史宪臣同平章事，又分别授予卢龙节度使李载义、平卢节度使康志慕、成德节度使王廷凑为检校官。与此同时，李同捷也竭力拉拢河朔三镇。三镇对李同捷态度不同，出现分化。卢龙节度使李载义拒绝李同捷的贿赂，并将李同捷的使者与贿赂呈送给唐廷。魏博节度使史宪诚与李全略有姻亲关系，暗中援助李同捷。成德节度使王廷凑请求文宗承认李同捷，遭拒后直接出兵援助李同捷。河朔三镇有两镇站在叛军一边，对唐廷极为不利。

十月，天平兼横海节度使乌重胤进讨李同捷，屡战屡胜。十一月初八，乌重胤病死，保义节度使李寰代为横海节度使。大和二年（828），武宁节度使王智兴攻打棣州（今山东惠民东南），焚烧其三面城门。闰三月，魏博节度使史宪诚在副使史唐劝说下，出兵2.5万人，讨伐李同捷。七月，文宗召集百官商议讨伐成德节度使王廷凑，卫尉卿殷侑认为应该全力讨伐李同捷而不宜与王廷凑彻底决裂。八月，文宗宣布王廷凑罪状，令成德周边藩镇严阵以待，等待王廷凑改过自新。九月，王智兴攻克棣州。同时，文宗下令讨伐成德节度使王廷凑。十一月，新任横海节度使傅良弼在赴任途中于陕州病死。唐廷命左金吾大将军李祐出任检校户部尚书、沧州刺史、沧德景节度使（横海节度使）。李同捷在唐军四面围攻下，军势日衰。成德节度使王廷凑只能自保，无力援助李同捷。叛乱即将平定之际，李同捷心生一计，派人游说魏博兵马使亓志绍反叛，亓志绍率2万大军反攻魏博节度使史宪诚。史宪诚向唐廷告急，文宗派谏议大夫柏耆安抚魏博。

大和三年（829）正月，抗击亓志绍的义成军行营兵3000人在调防禹城途中溃乱反叛，横海节度使李祐将其全部诛杀。接着，李祐与史唐联军击败亓志绍。二月，李祐率诸道行营兵击败李同捷，乘胜进围德州（今山东陵县）。四月，李祐攻拔德州。李同捷致信李祐，请罪投降。李祐派部将万洪接管沧州防务，等候朝廷旨意。谏议大夫柏耆赶赴沧州，杀万洪，诱使李同捷率家眷入朝。五月，柏耆行至将陵，听闻成德王廷凑可能劫取李同捷，遂斩杀之，寄首京师。至此，历时3年的"沧景之乱"被彻底平定。

文宗平定李同捷"沧景之乱"，付出了巨大代价。文宗先后任命乌重胤（病死）、李寰（免职）、傅良弼（病死）、李祐（战后病死）为横海节度使，足见战事之艰难。战争旷日持久，耗时3年，朝廷动用了大量兵力和物力。当时，河南、河北诸道节度使出兵讨伐李同捷，表面声势浩大，实则多观望不前。每有小捷，多虚报斩杀和俘获敌军人数，向唐廷邀功求赏赐。朝廷竭力供给诸军粮饷，导致江淮征敛过重，民不堪命。但是，文宗通过这场战争，也有了意外收获。横海李同捷被剿灭，使因亓志绍反叛而受到严重削弱的魏博节度使史宪诚大为恐慌，上表请求归朝，以魏博六州听从唐廷号令。平定横海后，一直抗命的成德节度使王廷凑也请降，文宗赦免其罪，恢复其官爵。

由此可见，文宗君臣对藩镇问题较为理智，此次出兵只在掌控横海镇，牵制河朔三镇，无意也没有能力彻底解决河朔三镇乃至唐代后期的藩镇问题。

大和三年（829）十一月十八日，唐文宗亲祀昊天上帝于南郊。礼毕，登临丹凤门，大赦天下。在赦文中说："朕以冲昧（年轻愚钝），获嗣丕图……于今四年。属兴伐叛之师，未暇燔柴（祭天）之礼。赖祖宗保佑，上帝监临，氛祲澄清，弓戈橐戢（收藏）。今因南至（冬至），有事圜丘。"[①]由于战事整整持续了3年之久，文宗一直忙于战事，未有闲暇举行圜丘亲祀。当前战事已经结束，横海镇李同捷发动的叛乱已经被平定，河朔三镇都宾

① [北宋] 李昉等：《文苑英华》卷四百二十八《赦书九·禋祀赦书五》，北京：中华书局，1966年，第2167页。

服朝廷，这都有赖于祖宗和上帝的庇护，因此举行亲祀。

相较于唐代前期帝王们的赫赫战功，文宗取得平定横海李同捷叛乱的成功，似乎"殊不足道"[1]，但考虑到唐代后期复杂凶险、诡谲多变的藩镇局势、战争的高昂成本和唐廷捉襟见肘的财政，如此胜利实非易事。

平定"沧景之乱"是文宗人生中最得意的时刻，其意义不仅是在河北保留了一个可以牵制河朔三镇的军事据点，更在于振奋了唐王朝日益消沉的士气和人心。然而，文宗一心要铲除宦官势力，却在"甘露之变"中因用人不当、过于冒险而惨败，为其政治图强画上了悲剧性的"句号"。

---

[1] 吕思勉：《隋唐五代史》，上海：上海古籍出版社，2014年，第352页。

第四节
灭佛运动——唐武宗与圜丘祭天

唐武宗李炎原名李瀍，为唐穆宗第五子、唐敬宗与唐文宗的异母弟，其当上皇帝具有一定偶然性。唐文宗前期统治颇有所作为，不料因谋诛宦官的"甘露事变"失败，反而沦为宦官的傀儡。唐文宗在立太子问题上优柔寡断，原来立长子李永为太子，后来李永在杨贤妃的打击下离奇暴卒，接着，立唐敬宗第六子成美为太子。

开成四年（839），文宗因长年感伤、抑郁而病重，其在弥留之际，委托枢密使刘弘逸、薛季棱与宰相李珏密令太子成美监国。神策左、右军中尉仇士良、鱼弘志为了获得拥立之功，以太子年幼为由，矫诏立颍王李瀍为皇太弟，发兵将其迎入宫中。

开成五年（840）正月，年仅32岁的唐文宗驾崩，

27 岁的李瀍继位。

武宗即位后，并无新施政举措。宦官为了拥立皇帝问题内斗正酣，最终掌握兵权的仇士良、鱼弘志杀掉了刘弘逸、薛季棱。此时的武宗已经崇信道教，不顾大臣的反对，将赵归真等 81 名道士召入宫中。明智的是，武宗任命淮南节度使、检校尚书左仆射李德裕为吏部尚书、同中书门下三品（宰相）。

会昌元年（841）正月初九，唐武宗于即位次年举行一系列祭祀活动。此次祭祀同以前相比并无区别，因此《旧唐书》的记载仅寥寥数字，曰"（武宗）有事于郊庙"，后人无法了解圜丘亲祀的具体情况。好在当时，日本来华僧人圆仁正好在场，并将其见闻简单记录了下来。

圆仁在《入唐求法巡礼行记》卷三中记录："七日，今天子幸太清宫斋；八日，早朝出城，幸南郊坛。坛在明德门前。诸卫及左右军廿万众相随。诸奇异事，不可胜记；九日五更时，拜南郊了，早朝归城。"[1]此次圜丘亲祀规模很大，光皇帝的护卫

① [日]圆仁：《入唐求法巡礼行记》卷三，上海：上海古籍出版社，1986 年，第 117 页。

军队就达到 20 万人，另外，应该还有大量观看皇帝亲祭的长安市民。盛大的场面令外国人圆仁叹为观止，感慨万千，遂以"不可胜计"的"奇异事"概括，令人产生无限遐想。

另外，武宗正月初七亲祀太清宫后，并没有按照惯例亲祀太庙。初八，武宗抵达圜丘，晚上在南郊行宫住了一夜，次日凌晨举行亲祀大典。礼仪一结束就回宫了。

唐武宗李炎是个具有两面性的皇帝，他既不像德宗、文宗的正派，即位就要有所作为，又不像唐敬宗一样，是只顾声色犬马、吃喝玩乐的昏庸之辈。武宗有昏庸的一面，如喜欢游乐、崇信道教，又有点明君的睿智，如重用宰相李德裕，还"轻松"取得了外御边患（回鹘）、内平藩镇（平定昭义）的武功，令自诩明君者汗颜。

唐武宗刚即位时，游玩兴致不亚于唐穆宗、唐敬宗，喜欢打猎、击鞠、骑射、手搏等。五坊小儿（"五坊"指掌管雕坊、鹘坊、鹰坊、鹞坊、狗坊，以供皇帝游猎的机构。"五坊小儿"是对五坊人员的蔑称）可以出入禁中，陪武宗取乐。武宗一掷千金，大行赏赐。

有一次，武宗去拜谒郭太后（宪宗后妃，武宗祖母），闲聊间询问如何能当好天子，郭太后劝其纳谏。唐武宗回去后翻看臣子的谏疏，多劝其停止游猎。自此，武宗外出游玩的次数明显减少，对五坊小儿的赏赐也有所节制。有一次，武宗到泾阳校猎，谏议大夫高少逸、郑朗谏道，"陛下比来游猎稍频，出城太远，侵星夜归，万机旷废"[1]，武宗动容感谢。

武宗曾听闻扬州的倡伎擅长行酒令，下令淮南监军选17人入贡。监军为讨武宗欢心，请节度使杜悰挑选良家美女，教习之后一同进献。监军再三相请，杜悰不从。监军怒，上表弹劾杜悰。武宗览毕表章，沉默许久，言道："朕要求藩镇遴选倡伎，这岂是圣明天子所为！杜悰不顺监军意，符合臣子之体，真宰相之才。朕实在惭愧！"并鼓励说："卿不从监军之言，朕知卿有致君之心。今相卿，如得一魏徵！"[2]可见，尽管唐武宗喜好游乐之事，但是能够有所节制。

武宗要当圣明天子，就要平定外患、内乱。在宰相李德

[1]〔北宋〕司马光：《资治通鉴》卷二百四十六《武宗会昌二年》，北京：中华书局，1976年，第8090页。
[2]〔北宋〕司马光：《资治通鉴》卷二百四十七《武宗会昌四年》，北京：中华书局，1976年，第8123页。

裕辅佐下，武宗择善而从，开始经营天下。

会昌元年（841），卢龙镇发生军人哗变，节度使史元忠被杀，将军陈行泰被乱军拥戴为主，监军为他向朝廷请求节度使之职。唐武宗采纳宰相李德裕意见，扣押监军派来的使者，对陈行泰的节度使任命问题不闻不问，待卢龙内乱发生。不久，卢龙军的士兵又杀陈行泰，拥戴张绛，又奉表请节度使衔。唐武宗故技重施，还是不表明态度。接着，幽州旧将、雄武军使张仲武起兵，遣人上表朝廷，请求讨伐张绛。张仲武此举获得武宗同意，任其为卢龙留后。最终，张仲武剿灭张绛，平定了卢龙之乱。

会昌三年（843）四月，昭义节度使刘从谏死，其侄刘稹自为留后。因泽潞（昭义）处于唐王朝心腹地带，连接关中、河南、河东、河北，对唐王朝牵制河朔三镇有重要意义，在回鹘未灭，边境军事压力较大的情况下，李德裕力排众议，坚决主张讨伐，武宗听从了他的建议对昭义用兵。

五月，武宗削夺刘从谏与刘稹官爵，令成德（王元逵）、魏博（何弘敬）、卢龙（张仲武）三镇，会同河

中（陈夷行）、河阳（王茂元）、河东（刘沔）三镇分
路出击，讨伐泽潞。同时，唐廷设置晋绛行营，以武宁
节度使李彦佐为节度使，天德防御使石雄为副使，步步
推进。另命忠武军（辖陈、许两州）节度使王宰直趋磁
州。在河朔三镇观望不前之际，晋绛行营节度使石雄和
忠武军节度使王宰成为讨伐泽潞刘稹的主力，两军不断
深入敌境。到第二年（844）七月，邢州、洺州、磁州
相继倒戈。八月，刘稹为部下郭谊、王协所杀，泽潞投
降。晋绛行营节度使石雄率军进入泽、潞二州，持续一
年之久的泽潞之乱终于平定。

武宗时最严重的边患，莫过于回鹘的侵边。开成
四年（839），回鹘发生内乱，彰信可汗被杀。接着，
回鹘又遭遇严重的瘟疫和自然灾害，部族离散。同时，
崛起于北方的黠戛斯10万骑兵南下进攻回鹘，更给其
致命一击。开成五年（840）秋，回鹘可汗弟咀没斯率
其众抵天德军（今内蒙古乌拉特前旗东北）驻地，请
求归附。回鹘部众绵延60多里，要求借振武城栖身。
面对回鹘的威胁，唐武宗以分化瓦解、军事进攻双管
齐下，削弱其力量。武宗先允许回鹘贵族咀没斯内附，

以其为归义军节度使，牵制回鹘主力，再令河东节度使刘沔率部攻击回鹘，经杀胡山（今内蒙古巴林右旗子罕山）一役，乌介可汗惨败，除其与少数部众外，余众尽归唐朝。

无论是内平泽潞，还是外定回鹘，都离不开宰相李德裕运筹帷幄、决胜千里的才能。唐廷平定泽潞之叛的关键在于李德裕的一系列策略以及唐武宗对李德裕的支持。当唐军遭遇挫折而朝臣发生动摇时，李德裕坚定地说："小小进退，兵家之常。愿陛下勿听外议，则成功必矣！"武宗听后，当即对宰相们说："为我语朝士，有上疏沮议者，我必于贼境上斩之！"武宗获得了李德裕等的辅佐，自然疏远了宦官集团。然而，武宗并没有像文宗一样，试图通过暴力手段来解决宦官问题，而是吸取文宗的惨痛教训，改用"阳为尊崇，实则冷落"的策略，逐渐疏远宦官势力。

以仇士良为首的宦官集团并不甘心失败，为了重新控制唐武宗，他们不断打击李德裕。会昌二年（842），武宗上尊号，仇士良向禁军将士散布谣言，说"宰相作赦书，减禁军缣粮刍菽"，并怂恿禁军闹事。李德裕闻讯，抢先向唐武宗澄清。唐武宗遣中使到神策左、右军宣旨："敕令自朕意，宰相何豫？尔渠敢是？"[①]将士乃安，仇士良惶恐不安。

次年，武宗提升仇士良为观军容使，统辖神策左、右军，实则是剥夺其禁军控制权。仇士良以身体有疾推辞，武宗改任其为内侍监。仇士良感觉大势已去，坚持致仕。当宦官党徒送仇士良返回私第时，仇士良语重心长道："天子不可令闲暇，暇必观书，见儒臣，则又纳谏，智深虑远，减玩好，省游幸，吾属恩且薄而权轻矣。为诸君计，莫若殖财货，盛鹰马，日以球猎声色蛊其心，极侈靡，使悦不知息，则必斥经术，阁外事，万机在我，恩泽权力欲焉往哉？"[②]党徒唯唯承训。仇士良死后，被发现家中藏有数千件兵器。武宗下诏削去其官爵，籍没其家。仇士良一死，鱼弘志也成了惊弓之鸟，故终唐武宗一朝，宦官势力不彰。

唐武宗文治武功远甚于励精图治的德宗、文宗，又亲任朝臣而疏远宦官，但如果因此谓之圣明天子，那就大错而特

① [北宋] 欧阳修，宋祁等：《新唐书》卷二百零七《仇士良传》，北京：中华书局，1975年，第5874页。

② [北宋] 欧阳修，宋祁等：《新唐书》卷二百零七《仇士良传》，北京：中华书局，1975年，第5874–5875页。

错了。武宗无视唐宪宗、唐穆宗因服金丹而暴崩的教训，狂热追求长生。即位之初，就迎赵归真等 81 名道士入宫，建立道场。赵归真等于禁中修筑"望仙楼及廊舍五百三十九间"，建筑和陈设十分讲究。宰相李德裕曾向武宗进谏道："赵归真是敬宗朝的妄人，不宜亲近。"可唐武宗回答说："在敬宗朝亦无甚过。我与之言，涤烦尔。至于军国政事，唯卿等与次第官论，何须问道士？非直一归真，百归真亦不能相惑。"[①]

尽管武宗自信推崇道教不会影响自己的判断力，道士也不会干扰政治，但事实恰恰相反，武宗发动的大规模废佛运动，与赵归真等道士的极力鼓动有很大关系。会昌四年（844）三月，"（赵）归真乘宠，每对，排毁释氏，言非中国之教，蠹耗生灵，尽宜除去，帝颇信之"。

会昌五年（845）正月初三（辛亥），武宗亲祭圜丘，大赦天下。为什么要举行大赦？赦文中写得极为清楚，"矧（况且）以眇（渺小）身，幸逢昌运……乃者虏众乖离（回鹘在黠戛斯攻击下溃散），部族款附（请求内附），救帝子（宪宗女太和公主）于

① ［五代］刘昫等：《旧唐书》卷十八上《武宗》，北京：中华书局，1975 年，第 600–603 页。

毡裘之所，致名王（原指匈奴诸王中名位尊贵者，此指回鹘诸王）为冠带之臣（服饰汉装的臣子）。坚昆（黠戛斯）来朝，不远万里；夷貊（古代对东方和北方民族之称）向化，克同九州"，这里指武宗击败回鹘，部众归附，救回太和公主，黠戛斯来朝贡，稳定漠北之功。

"重以上党狂童（昭义刘稹），窃袭叛迹，问罪之师既集，元凶之首遂枭，廓清乱风，洗涤污俗"，此处指武宗平定泽潞之叛，提高了唐廷的权威。"翦逆弁（河东都将杨弁）而故都（北都太原）底定（平定），审摩尼（摩尼教）而坏法永除，由是退恶进贤，化行令举"。①

会昌三年（843），武宗平定了横水成卒的哗变，收复了北都太原，斩杀逆首杨弁。同时，伴随回鹘的败亡，其信奉的摩尼教也被唐廷废止，长安摩尼女教徒72人被处死，各地回鹘摩尼教徒被流放，死者大半，寺院、资产被政府接收。废止摩尼教可以看作是武宗毁佛之"前奏"，但武宗却认为这是"退恶进贤，化行令举"的善举。"此皆宗社降灵，助成时政，岂朕凉德，独擅厥功。而中外诚臣，文武

① ②［北宋］李昉等：《文苑英华》卷四百二十九《赦书·禋祀赦书六》，北京：中华书局，1966年，第2172－2174页。

多士，累陈恳疏，再举鸿名。辞不获从，被此虚美……
既展郊礼，重申国经，宜因行庆之辰，诞布惟新之令，
同我景福，永孚于休"②，武宗自谦，认为上述业绩的
取得只是有赖于祖宗、神灵庇佑，自己不应该独占，
但是由于满朝文武多次请求，要求自己举行祭祀，以
彰显功绩。

日本僧人圆仁在观看武宗会昌五年（845）的亲祭
祀圜丘后，记录道："正月三日，拜南郊，仪仗威严，
一似元年。不许僧尼看又旧有条流，不许僧尼午后出寺，
又不许犯齐钟及向别寺宿，所以僧人不得看南郊也。"①
表明武宗此时已经对长安的僧尼加强了管束，令圆仁感
到了武宗即将对佛教采取断然措施的肃杀之气。

事实上，关于对待佛教的政策，武宗在赦文中也有
阐述："京师佛刹相望，其数已多，既临康庄，足壮都
邑。近缘疏理僧尼，访闻大寺房院，半已空闲。其坊内
小寺，或产业素贫，或殿宇摧毁，僧数既少，不足住持，
并合同居，事从简当，委功德使条疏，各具去著名额奏
闻。其所拆寺僧尼，如行迹非
违不守佛之禁戒者，亦宜拣选，

①［日］圆仁：《入唐求法
巡礼记》，上海：上海古籍
出版社，1986年，第181页。

勒令还俗。仍依前敕处分，兼具数闻奏，其余僧尼，即令移入侧近大寺有房院居住。又京城诸市，亦不尽有产业，就中即有富寺，今既疏理僧尼，兼停修造，所入厚利，恐皆枉破。委功德使检责富寺邸店多处，除计料供常住外，剩者便勒货卖，不得广占求利，侵夺疲人，所去不均之患，冀合袞（减少）多之义。又诸州府所申还俗僧尼，已有定额，若无私度，日当减耗。诸道每至年终，各具见在僧尼数申省。其续有死亡及犯事还俗，并分析申报本司，磨勘奏闻。如闻两浙、宣、鄂、潭、洪、福、三川等道，缘地稍僻，姑务宽容，僧尼之中，尚多逾滥。委长吏更加拣，其有年少无戒行者，虽先在保内，亦须沙汰。"①

可见，早在会昌五年（845）之前，武宗尚未彻底禁断佛教，但是相关政策已经开始实施。如已经开始合并、拆毁寺院，收缴富有寺院及其相关产业；"疏理"僧尼，强制一些年少、资历浅者还俗，严格限制僧尼数量，并要求江南地区进一步加强"沙汰"僧尼的力度。

① ［北宋］李昉等：《文苑英华》卷四百二十九《敕书·禋祀赦书六》，北京：中华书局，1966 年，第 2172–2174 页。

同年春，赵归真与其举荐至京的罗浮道士邓元起、充崇玄馆学士的衡山道士刘玄靖紧密配合，"排毁释氏，而拆寺之请行焉"。在道士们的极力煽动下，会昌五年（845）七月，唐武宗开始禁断佛教。他要求长安、洛阳二街各留二寺，每寺留僧人 30 名；大州各留一寺，分为三等，上等留僧人 20 名，中等留僧人 10 名，下等留僧人 5 名。除此之外，所有寺庙一律拆除，僧尼迫令还俗，寺院财物田产全部充公，拆毁寺院的材料用于修缮公廨、释站，熔化铜像、钟磬以铸钱。由此，天下共毁寺庙 4 万多所，僧尼还俗 26 万多人，没收田产数千万顷，没收奴婢 15 万多人。

唐武宗毁佛的背后，与政府与寺院在经济上的矛盾冲突有关。在毁佛措施推行后，政府大获其利。然而，起因却是唐武宗的愚昧。毁佛后，道教取而代之，同样与政府争夺财富和劳动力，故而欧阳修批评道：唐武宗去佛扬道，以求长生，足见"其非明智之不惑者"。会昌六年（846）八月，唐武宗狂热追求长生的结果是，和太宗、宪宗、穆宗、武宗一样，年仅 33 岁就"玩火自焚"，因丹毒发作而身亡。

武宗逸乐有度，又能勇于纳谏，不致误国坏政。其知人善任，信用、倚重李德裕，明察善断，对藩镇、宦官势力处理得当。平定泽潞、成德两镇后即适可而止，不致像德宗一样要彻底解决藩镇问题，反而将国家带入危亡境地。武宗隐忍宦官仇士良，暗削其权，又避免重蹈文宗"甘露之变"的惨祸。然而，武宗盲目崇信道教，抑制佛教，未免过犹不及，终致英年早逝，"内定藩镇，外平外敌"的"中兴"之局沦为泡影。

唐武宗之后的数位皇帝一般也在即位翌年举行圜丘亲祭昊天上帝的活动，如唐宣宗在大中元年（847）正月十七举行，唐懿宗在咸通元年（860）十一月初二冬至与咸通四年（863）正月初七两次举行，唐僖宗在乾符二年（875）正月初七举行。

其中，只有懿宗在即位后4年的咸通四年（863）正月初七再次亲祭圜丘，比较引人注目。宣宗共有12个儿子，懿宗李温为长子，但由于宣宗生前一直没有册立皇后，儿子们没有嫡庶关系。尽管宣宗宠爱李温母亲晁美人，但却并不喜欢懿宗，《新唐书·懿宗纪》记载："宣宗爱夔王滋，欲立为皇太子，而恽王长，故久不决。"

大中十二年（858）八月，宣宗服用长生不老药中毒而崩。弥留之际令李滋即位，但宦官王宗实矫诏拥立李温为帝。懿宗可以当上皇帝，完全是宦官内斗的结果。由于宣宗没有将懿宗作为皇位继承人培养，对其疏于管教，26岁的懿宗即位后，只对宴会、乐舞和游玩兴趣浓厚。懿宗每月在宫里举行宴会10余次，除了饮酒，还要观看乐工优伶演出。曲江、芙蓉园、华清池处处留下其游玩的身影，每次出行，兴师动众，据《资治通鉴》记载："内外诸司扈从者十余万人，所费不可胜。"

咸通四年（863）正月初七，懿宗反常地举行圜丘亲祭。这可能是一次游玩活动，因为同年二月，懿宗计划将高祖献陵到宣宗贞陵等16座帝陵拜祭一遍。懿宗并非追悼先人，而是去帝陵游玩。每到一地，不免"钱十万，金帛五车，十部乐工五百，犊车、红网朱网画香车百乘，诸卫士三千"[1]。其中甚至包括宣宗的贞陵，连自己亲生父亲的陵墓都可当作"游乐场所"，那么将圜丘祭天当作一场娱乐，也就不足为奇了。

[1] ［北宋］欧阳修，宋祁等：《新唐书》卷二百零八《杨复恭传》，北京：中华书局，1975年，第5890页。

第五节
祭坛荒芜——唐昭宗、哀帝与圜丘祭天

　　唐昭宗李晔为唐懿宗第七子、唐僖宗之同母弟，自幼聪明好学，喜好文学，受到懿宗、僖宗优待。昭宗曾随同僖宗逃往成都，参与中枢机要，表现出一定的政治能力。

　　文德元年（888）二月，唐僖宗病危，群臣认为皇子年幼，拟立皇弟吉王李保。杨复恭依照宦官自行废立的惯例，请立寿王杰（晔），获得僖宗恩准。昭宗身材伟岸，样貌俱佳，有英气，朝臣也认为是皇帝的不二人选，难得与宦官集团意见一致。同年三月初六，僖宗遗诏立寿王杰（晔）为皇太弟，监军国事。初八，僖宗驾崩，遗诏命太弟嗣位，即位于枢前。

　　23岁的昭宗即位后，先扭转先朝奢靡之风，厉行节约。昭宗认为僖宗威令不彰，致使朝廷受藩镇轻视，

遂有中兴李唐的计划。僖宗逃蜀，中央禁军被彻底摧毁。昭宗要重振唐廷权威，就要拥有一支足以震慑藩镇的武装力量，因此昭宗在京师招兵 10 万之众，"欲以武功胜天下"①。当时权阉田令孜之弟陈敬瑄割据西川，与占据阆州的利州刺史王建混战不已，导致贡赋断绝。王建想倚重唐天子的权威与陈敬瑄争胜，昭宗则要报逃蜀时田令孜的鞭笞之仇，借机收复西川。

文德元年（888）十二月，昭宗任命中书令韦昭度为行营招讨使，率兵出征，令山南西道节度使杨守亮、东川节度使顾彦朗助讨，同时新设永平军，以王建为节度使，并充行营诸军都指挥使。二十五日，下诏削夺陈敬瑄官爵，讨伐西川之役拉开了序幕。

唐军在西川的战事进展与预想大相径庭，昭宗完全无法控制战争的走向。杨守亮、顾彦朗各领一方大军，观望不前，试图从中渔利。唐军主帅韦昭度是个文人，不习武备，统辖禁军人数不少，却纯属乌合之众，不堪大战，只能倚重王建。然而，王建既然已获得朝廷的官爵和支持，便不急于速战速决，而

①[五代] 刘昫等：《旧唐书》卷一百七十九《张濬传》，北京：中华书局，1973 年，第 4657 页。

是不断扩充兵力，收拢人心。经数年征战，除了成都，整个西川都落入王建之手。后昭宗因与李克用作战，召回西川唐军。于是，王建彻底切断西川和唐王朝的联系，成为"独立王国"。

与此同时，河南也陷入了"后黄巢时代"的军阀混战中。早在光启元年（885）二月，前许州牙将秦宗权在蔡州称帝，国号仍沿用黄巢的"齐"。秦宗权的野心显然不只蔡州，而在整个中原。控制中原的关键是漕运中心汴州（今河南开封），由宣武军节度使朱全忠占据。

光启三年（887），秦宗权"倾国之兵"进攻汴州，反为朱全忠所败。文德元年（888），朱全忠自任蔡州四面行营都统，率军进至滑州（治今河南滑县），相继攻克黎阳（今河南滑县北）、临河（今河南濮阳）、李固（今河北大名东北）三镇，又占据洛州和孟州，解除了西顾之忧。五月，宣武军又大败秦宗权于龙陂（今河南汝南），进逼蔡州城下。秦宗权屯守蔡州城中，被朱全忠围困数月。十二月，秦宗权被部将申丛执送汴州。龙纪元年（889）初，朱全忠又将其槛送京师。唐昭宗受俘之后，命令京兆尹孙揆将其斩首。

秦宗权公然称帝，藐视大唐王朝，今伪齐被朱全忠剿灭，令昭宗颇感欣慰。事实上，消灭伪齐的最大受益者是宣武军节度使朱全忠，其控制了河南大部。然而，朱全忠的野心不止于此，其与河东李克用的战争才刚刚开始。龙纪元年（889）五月，李克用大举出兵，攻击昭义（其时辖邢、洺、磁三州，泽、潞已经归李克用）节度使孟立方夺取邢、磁二州。孟立方兵败自杀，其弟孟迁为昭义节度使留后。孟迁求救于宣武军，朱全忠派遣大将王虔裕将精甲数百，入邢州共守。

龙纪元年（889）十一月己丑，昭宗在即位翌年按照惯例计划举行圜丘亲祀大典。辛亥，昭宗宿斋于武德殿，宰相百官都穿戴朝服侍立左右。此时，神策军左中尉杨复恭与枢密使都公然身穿朝服（按惯例，内官不可穿戴朝服）服侍皇帝。此举令朝臣侧目，于是太常博士钱珝、李踌等上书认为此与礼制相违。昭宗还专门为宦官制作了参加祭天的"法衣"（即冕服），并佩剑，遭到宰相孔纬及谏官的反对。昭宗对此迟迟不进行回应，很晚才通过手札说："卿等所论至当，事可从权。勿以

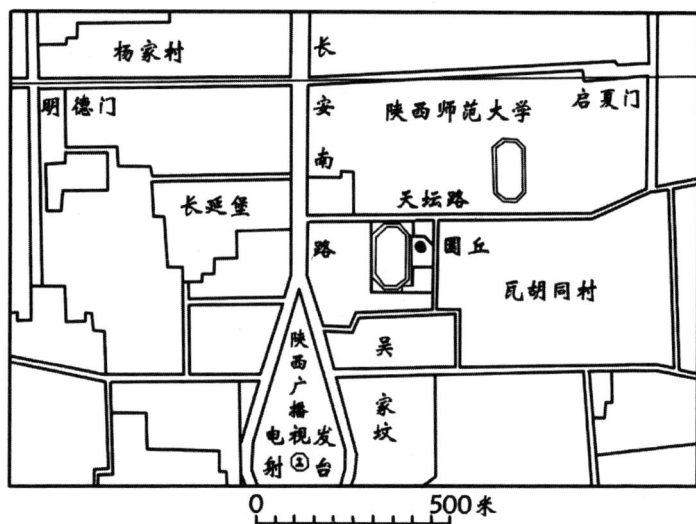

圜丘遗址今天所处位置

小瑕遂妨大礼。"在昭宗"无奈"的"纵容"下，宦官开始公然穿戴朝服、佩剑随侍皇帝，参与圜丘祭祀。己酉冬至，昭宗亲祭圜丘昊天上帝，大赦天下。

龙纪元年（889）十一月冬至，昭宗圜丘亲祭是在圜丘举行的唐代最后一次祭天大礼。在祭祀中，昭宗给予宦官杨复恭等莫大荣耀。但其早在藩邸时就极厌恶宦官。即位后，杨复恭等凭借拥立之功，所为不法，昭宗更加不满。表面上，昭宗对杨复恭极为尊敬，加其为金吾上将军。同时，又尽量回避与杨复恭等宦官接触，政事都和宰相商议。昭宗之所以在圜丘祭祀中同意杨复恭穿戴朝服、佩剑侍从，是为了以此"小瑕"来麻痹宦官集团，令其失去防备，以伺机除之。

为除掉杨复恭，昭宗还拉拢杨复恭养子杨守立，令其随侍左右，并赐姓李，赐名顺节。不到一年，昭宗又提拔他为天武都头，领镇海节度使，不久又加同平章事。昭宗笼络住李顺节后，对杨复恭便不假以颜色了。

大顺二年（891），昭宗削夺杨复恭兵权，转任其为凤翔监军。杨复恭拒绝上任，昭宗将其免职，只授予上将军空衔。后杨复恭因被举报谋反，全族逃往兴元（今陕西汉中）。杨复恭出逃后，鼓动兴元节度使杨守亮、武定军节度使杨守忠、龙剑节度使杨守贞及绵州刺史杨守厚谋反，向朝廷宣战。

景福元年（892）正月，凤翔节度使李茂贞联络靖难王行瑜、镇国韩建等节度使请求出兵讨伐杨复恭。八月，李茂贞攻克兴元府，杨复恭等战败，弃城逃奔阆州。

乾宁元年（894）七月，韩建部将华洪所部攻占阆州，杨复恭及其义子突围北遁。行至乾元（今陕西柞水），韩建追及并斩首杨复恭与杨守信，杨守亮被押送京师枭首示众。

昭宗大费周折通过战争方式铲除了权阉杨复恭，进一步增加了平定天下的信心，于是又发动了讨伐李克用的战争。大顺元年（890）春，李克用进攻邢州，孟迁食竭力尽，执王虔裕投降。李克用又进攻云州，防御使赫连铎求救于卢龙，节度使李匡威率军3万来援。于是，朱温、李匡威、赫连铎上书讨伐李克用。

五月，昭宗下令削夺李克用官爵，以宰相张濬为河东行营兵马都招讨宣慰使，以京兆尹孙揆副之，以朱温为太原西南面招讨使，李匡威、赫连铎为太原东北面招讨使。六月，张濬率军五十二都，兼邠宁、鄜、夏杂虏共 5 万，从京师出发。李克用认为张濬的禁军完全是乌合之众，不足为虑；朱温虽实力强劲，但孤军深入，亦构不成威胁；只有李匡威、赫连铎才是真正的对手。他派遣大将李存信、李嗣源进攻李匡威、赫连铎，自己率大军殿后。李匡威、赫连铎接连失败，狼狈逃走。十月，李存孝杀向张濬，禁军一战即败，丢盔弃甲而散。李存孝追击唐军，张濬半夜逃离晋州，军队损失大半。张濬率军逃到河阳，拆屋而缚木筏过河，部下离散殆尽。昭宗发起的河东之役并没有削弱李克用，反而使自己新组建的禁军折损殆尽。

在这次战争中，宣武军朱温则坐收渔利，实力不断壮大，为唐朝的覆灭埋下了祸根。

讨伐西川、河东均以失败告终，新组建的禁军覆灭，使昭宗威信一落千丈。此后昭宗一直受制于凤翔、陇右节度使李茂贞与宣武军朱温。唐廷与李茂贞多次交兵，均告失败。后来，李茂贞攻入长安，宰相杜让能、李溪、韦昭度先后被杀。

乾宁二年（895），昭宗在逃往河东途中被华州刺史韩建幽禁。乾宁五年（898），朱全忠攻占东都洛阳。八月，昭宗被送回长安。宦官韩全海与李茂贞联合，李茂贞派数千人驻守长安。半年后，朱温讨伐韩全海，昭宗又被李茂贞挟持到凤翔。天复三年（903），朱温围困凤翔，与诛杀韩全海的李茂贞和解后，昭宗又被朱温掳走。昭宗回到长安，朱温尽诛宦官，彻底解决了困扰唐王朝的宦官问题。天祐元年（904）正月，朱温担心李茂贞起兵劫走天子，遂挟持昭宗迁都洛阳，将长安城焚烧拆毁。此时，河东李克用、凤翔李茂贞、西川王建、襄阳赵匡凝等地方割据政权组成联盟，打着复兴李唐的旗号，讨伐朱温。朱温决定举兵西讨，担心昭宗趁机"作乱"，于是有篡弑之心。八月十一日，朱温派左龙武统军朱友恭、右龙武统军氏叔琮和蒋玄晖率百余人闯入皇宫，杀昭宗。昭宗终年38岁。

昭宗被弑次日，枢密使蒋玄晖矫诏立13岁的辉王李柷为太子，于昭宗枢前即位。"时政出贼臣，哀帝不能制。"尽管哀帝只是一个傀儡，但象征唐王朝的祭天活动仍在继续，并且成为延续唐祚的"救命稻草"。

天佑二年（905）五月，哀帝即位的翌年，下诏于十月初九在圜丘亲祭昊天上帝。可能是哀帝君臣已经预感到严重的危机，因此将本应冬至举行的圜丘亲祭提前一月。尽管唐王朝已经危在旦夕，但为了准备好迁都洛阳后的首次圜丘祭祀，哀帝君臣还是周密筹划，"其修制礼衣祭服宜令宰臣柳璨判，祭器宜令张文蔚杨涉分判，仪仗车辂宜令太常卿张廷范判"[1]。

按照惯例，圜丘亲祭昊天上帝之前，皇帝应该先祭太清宫。唐廷本来要将洛阳玄元皇帝庙改为太清宫，也有大臣建议以弘道观为太清宫，但祭祀已经临近，这两种方案唐廷都没有能力实施。由于弘道观一直没有修茸，玄元观又在北邙山下，皇帝车驾出行不便，因此，宰相柳璨建议，北邙山尚可留老君庙，不如拆迁北邙山下的玄元观，移入洛阳清化坊，以旧昭明寺基，建置太微宫，这样方便皇帝车驾出行。这一方案得到哀帝批准。但延资库、盐铁使又无法提供改建太微宫的经费和人力，于是唐廷令六军诸卫张全义指挥营建该工程。哀帝对其进行表彰，以

[1]［五代］刘昫等：《旧唐书》卷二十下《哀帝纪》，北京：中华书局，1973年，第794页。

为补偿。但到了九月，唐廷尚未备齐南郊亲祀的物品，于是祭天不得不推迟到十一月十九日举行。

十一月，朱温进攻淮南受挫，因军队疲惫被迫撤军。朱温回到大梁（今河南开封），悔恨此次出兵一无所得。朱温听闻哀帝君臣正在筹划圜丘祭天，极为愤怒，认为这是哀帝利用圜丘亲郊来完成"改元"，是要确立新皇权威，从而继续延续唐王朝的国祚。

当时，唐廷中外百司已经准备好礼仪用品。戊辰日，宰相以下官员都到南郊演习祭祀礼仪。正在此时，刑部尚书裴迪从大梁返回洛阳，说朱温恼怒于蒋玄晖、张廷范、柳璨等，认为其一再迁延传禅之事，还鼓动哀帝圜丘亲祀，改元"元晖"，这是要千方百计延续唐王朝。

听闻此噩耗，宰相柳璨极为恐慌，于是郊祀再次拖延。庚午，哀帝下诏称，原定本月十九日亲祭南郊，虽说是良辰吉日，但改卜也有先例，应该明年正月上辛日举行，令有司准备。到了十二月，哀帝又下诏称，自己继承皇位后，理应亲祀南郊、太庙，因政治动乱，丑闻不断，实在惭愧，无颜面进入祖庙，本来定在来年正月上辛日举行的南郊亲祀活动无限期推迟。

所谓内乱和丑闻，指柳璨、蒋玄晖欲给朱温加"九锡"，朱温因怒一再拒绝，引起朝臣恐慌，于是政治倾轧加剧。王殷、赵殷衡诬陷柳璨、蒋元晖与何太后合谋，要复兴唐室，结果蒋玄晖被斩，尸体还被焚烧。王殷、赵殷衡还诬陷蒋玄晖与何太后私通，于是朱温杀何太后，并追废其为庶人。

唐代末代哀帝（昭宣帝）为了郊庙祭祀可谓费尽了心思，一再改期，并为之付出了惨重代价，但还是在朱温的干涉下失败了。

天祐四年（907）三月，哀帝受天下兵马元帅、梁王朱温的逼迫而禅位，盛极一时的唐王朝就此灭亡。公元908年二月二十一日，朱温派人到曹州毒死了哀帝李柷。此时，长安的圜丘祭坛已经荒芜多年，大唐的圜丘祭天也彻底终结了。

后 记

　　2005年初夏，笔者只身一人乘临汾开往西安的闷热绿皮车，第一次来到古都西安，准备参加两日后举行的硕士研究生面试。来到学校已是夜晚，又适逢大雨瓢泼，路上积水横流。幸好有朋友帮忙，在陕西师范大学旁边一个叫瓦胡同的城中村找到了一个栖身之所。硕士面试进行得很顺利，可谓"春风得意马蹄疾"，终于可以继续自己的学业了。闲暇之余，一日午后沿天坛路闲逛，发现一个院子里有一巨大的黄色"土台"。可惜院门有"铁将军"把守，无法进入，只能远窥。后来，才得知这便是赫赫有名的"唐天坛圜丘遗址"，这是我与圜丘的首次接触。

　　西安圜丘是隋唐两朝帝王祭告天地的场所，于隋文帝开皇十年（590）建造，唐昭宗天祐元年（904）被废弃，共使用 314 年。自隋初至唐末，隋文帝、隋炀帝、唐高祖、唐太宗、唐高宗、武则天、唐中宗、唐睿宗、唐玄宗、唐肃宗、唐代宗、唐德宗、唐文宗、唐武宗、唐懿宗、唐昭宗等都遵循古制，率群臣登上祭坛，祷告上天，祈求风调雨顺、国泰民安。

　　隋唐帝王的祭祀以"有司摄事"为主，寥寥可数的圜丘亲祀一般有特定的政治意图。当隋唐帝王们率领群臣登上高高的圜丘祭坛[①]，眺望繁华的长安城，在鼓乐阵阵、祭品飘香中，帝王们手持礼器祭告昊天上帝，心情肯定大不相同。事实上，在帝王表面风光与荣耀的背后，亦有难以言说的苦衷和无奈。或有初登大位的惶恐，或有骨肉相残后的不忍，或有文治武功后的骄矜，或有大难后的庆幸，或有大厦将倾的无奈。300 余年间，20 多位帝王在这座祭坛上体会为政的艰难，或忍辱负重，或奋发图强，

[①]圜丘是隋唐王朝最高级别的祭坛，高达 8 米，圜丘周边 150 米禁止修建任何建筑，因此视野极为开阔。

或随波逐流，展示其政治智慧，体味人生的各种滋味。

本书所谓"故事"，指旧事，均为史载其事，有据可查，绝非虚构之文学作品。全书分为两个部分：第一部分结合目前学术界关于圜丘祭天的最新研究成果，介绍古代圜丘祭天活动的历史渊源、隋唐皇帝亲祀圜丘的数量和特点，以及隋唐圜丘祭祀活动的历史意义；第二部分试图还原圜丘祭天的历史场景，结合隋唐政治、经济和文化史研究的最新成果，以及笔者对隋唐圜丘祭祀问题的研究心得，力图通过通俗的语言讲述隋唐皇帝，包括隋文帝、隋炀帝、唐高祖、唐太宗、唐高宗、武则天、唐中宗、唐睿宗、唐玄宗、唐肃宗、唐代宗、唐德宗、唐武宗、唐懿宗、唐昭宗、唐哀帝等[①]参与圜丘祭天即亲祀的背景、原因和政治意义。需要指出的是，由于史料不足，本书主要围绕圜丘祭天的政

①有唐一代，唐顺宗在位时间太短且患有重病，无法举行圜丘亲祭；德宗之后的唐宪宗、唐穆宗、唐敬宗、唐文宗、唐宣宗、唐僖宗均在即位翌年圜丘亲祭，比较模式化，政治、文化意义不大，故上述帝王的圜丘祭天付之阙如。

治背景和过程展开。希望读者可以了解隋唐圜丘祭祀的大体情况，理解西安圜丘祭坛的重要历史价值。

星月流转，转眼千年，"是非成败转头空"，历史终付笑谈中，看青山高坛，空余今人的浩叹！尘封长达 1095 年之久，历经岁月沧桑，黄土夯筑的祭坛已经掩映在斑驳荒草之中，似乎早已忘记了昔日的荣耀和繁华。一个伟大时代的来临，令掩盖于荆棘之中的圜丘重见天日。1999 年 3 月到 5 月，中国社会科学院考古研究所西安唐城工作队发掘了圜丘遗址，对遗址周围的附属建筑进行了探沟勘察。沉睡的历史渐渐苏醒，越来越多的人开始关注这座意义非凡的土台。2014 年，圜丘遗址被规划为"天坛遗址公园"。2015 年，天坛遗址公园开始建造。2018 年 2 月 16 日，即戊戌年正月初一，见证了隋唐两个王朝兴衰的"天坛圜丘"，在沉寂千余年后，再次被喧天鼓乐"惊醒"，天坛遗址公园正式向公众开放。

　时至今日，圜丘遗址已然焕然一新，游人如织，西京再添一名胜。自 2012 年别离母校后，六载不觉倏忽而逝。笔者虽数次回到久别的西安，但为工作、生活琐事所扰，不能久留，亦无心境。相逢老友，也是匆匆一别，虽有推杯换盏之雅趣，却无深夜卧谈之闲情。希望他日闲暇，可以挈妇将雏，回母校一次。览圜丘之胜景，叙师友之别情！

王效锋

2018 年 12 月

图书在版编目（CIP）数据

唐代皇帝祭天故事 / 王效锋著 . -- 西安 : 西安出

版社 , 2018.12（2021.4重印）

　ISBN 978-7-5541-3574-7

　Ⅰ.①唐⋯ Ⅱ.①王⋯ Ⅲ.①历史故事－作品集－中

国－当代 Ⅳ.① I247.81

中国版本图书馆 CIP 数据核字 (2018) 第 287895 号

隋唐长安城圜丘与祭天丛书・唐代皇帝祭天故事
SUITANG CHANG'ANCHENG YUANQIU YU JITIAN CONGSHU・TANGDAI HUANGDI JITIAN GUSHI

著　　者	王效锋	
出版发行	西安出版社	
社　　址	西安市曲江新区雁南五路 1868 号影视演艺大厦 11 层	
电　　话	（029）85253740	
策划编辑	孙　华　范婷婷	
责任编辑	张增兰	
特约编辑	邢美芳　马康伟	
装帧设计	李南江	
邮政编码	710061	
印　　刷	永清县晔盛亚胶印有限公司	
开　　本	889mm×1194mm　1/32	
印　　张	7	
字　　数	109 千字	
版　　次	2018 年 12 月第 1 版	
印　　次	2021 年 4 月第 2 次印刷	
书　　号	ISBN 978-7-5541-3574-7	
定　　价	48.00元	